신컨의
원코인
클리어

신컨의 원 코인 클리어 9

2023년 9월 14일 초판 1쇄 인쇄
2023년 9월 19일 초판 1쇄 발행

지은이 아케레스
발행인 강준규

기획 이기헌 왕소현 임동관 박경무 강민구 조익현
책임편집 오영란
마케팅지원 이원선

발행처 (주)로크미디어
출판등록 2003년 3월 24일
주소 서울시 마포구 마포대로 45 일진빌딩 6층
Tel (02)3273-5135 Fax (02)3273-5134
홈페이지 rokmedia.com E-mail rokmedia@empas.com

신 킨의
원 코인
클리어

아케레스 퓨전 판타지 장편소설 ⑨

Contents

땅따먹기 (2)

쿠구구궁.

무너진 요새 잔해의 먼지를 뚫고 오크 전사가 튀어나왔다.

유리 막시모프가 특유의 무표정한 얼굴로 손을 흔들었다.

권능: 일시정지(一時停止).

외알의 노신사.

제2계위 마왕, 아가레스의 권능.

역동적으로 튀어나오던 오크 전사가 일순간 허공에 박제됐다.

쿠구구구.

어느새 유리 막시모프의 상반신 정도의 크기로 줄어든 대검이 활강하는 매의 심장을 노리고 찔러 들어갔다.

순간, 활강하는 매의 몸에서 검정색 불꽃이 터져 나왔다.

검정색 불꽃.

절망의 권능을 형상화한 색이다.

퍼억!

불꽃을 베어 낸 대검에는 타격감이 없다.

유리 막시모프가 백스텝을 밟는 동시에 뻐엉─ 지반이 박살 났다.

"아가레스의 대전사. 바르바토스는 내가 너와 싸우는 걸 좋아하지 않던데."

"그건 마왕 사정."

절대영도.

신벌.

섭씨 −275도의 얼음이 활강하는 매의 발목을 붙잡는 동시에 활강하는 매의 창날이 제 발목을 잘랐다.

그 자리에 38개의 번개가 떨어졌다.

쫘자자자자자작!

전사의 염(焱) ─ 전투 지속.

우드드득.

아무렇지 않은 표정으로 새 발목을 뽑아낸 활강하는 매가 어느새 유리 막시모프 앞에 도달했다.

양상은 라빈을 상대했을 때와 같았다.

이보다 더 효율적일 수 없을 것 같은 창의 후퇴.

신컨의
원코인
클리어

그리고 전진.

콰아아아앙!

유리 막시모프의 동체가 그대로 튕겨 나갔다.

화르륵.

절망이 휘감긴 창이 유리 막시모프를 쫓았다.

일순간 턱 끝까지 도달한 창날.

유리 막시모프가 입을 달싹였다.

스킬 합성.

권능: 일시정지(一時停止) + 절대영도.

절대영도 - 엔트로피(Entropy): 빅 프리즈(Big Freeze) 일부 구현.

빅 프리즈(Big Freeze).

인간이 예상할 수 있는 우주 종말의 시나리오 중 하나다.

우주는 끝없이 팽창한다.

팽창하지만, 내용물은 더해지지 않는다.

결국 우주의 모든 물체의 거리는 점점 더 멀어지고, 그에 따른 평균 온도와 밀도 역시 점점 더 내려간다.

그렇게 아주 오랜 시간이 지나면, 우주는 얼어붙는다.

우뚝.

창날과 유리 막시모프 사이에, 모든 열적 사멸이 이루어진 바로 그 공간이 부분적으로 등장했다.

"무슨……."

아무리 힘을 줘도 창이 움직이지 않는다.

마나의 얽매임에 당한 것도 아니고, 적이 잡아서 고정하는 것
도 아니건만.

이해할 수 없는 상황에 활강하는 매의 미간이 좁혀졌다.

'모르면 맞아야지.'

속으로 중얼거린 유리 막시모프가 대검을 휘둘렀다.

⁂

정열의 땅은 밤이 짧다.

어느새 동이 트고 있었다.

콰아아아앙!

유리 막시모프와 활강하는 매의 전투를 바라보던 향련각 무
인, 구자영이 중얼거렸다.

"조장님."

"뭐."

"조장님은 항상 그 입을 좀…… 조심하셔야 할 것 같습니
다."

"이 자식이…….."

"때리려면 때리십쇼. 다 끝나고 나서."

경모는 구자영의 대머리를 찹찹 때려 대며 그런 말을 했었
다.

─땅따먹기 스테이지에 활강하는 매라도 와 있는 거 아니냐고.

설마 그 허무맹랑한 예측이 사실이었을 줄은 당연히 아무도 몰랐었다.

"하, 별림이랬나? 이런 중요한 사실을 숨기다니."

아니, 이쯤 되면 별림이 석조경의 전령이라는 것도 의심스러울 지경이었다.

물어보고 싶었지만 석조경은 이미 탈진해서 운기조식에 들어가 있는 상황이었다.

일촉즉발의 전장 한복판에서 운기조식을 하고 있다는 사실 자체가 석조경이 얼마나 극한의 상황에 빠졌는지 알려 주는 증거였다.

"용의주도해. 갓 땅따먹기 스테이지에 들어온 플레이어라는 게 이해가 안 될 정도로."

향련각 3조 조장, 경모가 턱을 쓰다듬었다.

사실 지원군을 불러온다는 목적으로 움직였다면 별림의 행동이 맞았다.

당장 땅따먹기 스테이지에 활강하는 매가 들어섰고, 놈의 목표는 윤태양이다.

전투 과정에서 아그리파 기사단의 1번대 대장 라빈과 총사령관 석조경의 목숨이 경각에 달했다.

이 모든 사실을 허공에게 가감 없이 전했다면 허공은 어떤 선택을 했을까.

향련각 3조를 땅따먹기 스테이지에 투입했을까?

"아니지."

절대로 아니다.

윤태양과 아그리파 1번대, 그리고 석조경.

인간 진영의 입장에서 바라보면 손해지만, 천문의 입장에서 이 세 전력의 손실은 손해가 아니다.

허공은 웃음을 숨긴 채 석조경을 추모하고 윤태양과 라빈의 죽음에 유감을 표한 다음, 아무 일에도 관여하지 않은 강철 늑대 용병단을 비난함으로써 명분을 챙길 것이다.

그 명분은 이후 스테이지 클리어나 클랜의 각종 이권 다툼을 할 때 천문이 한마디를 더 할 카드가 되고.

결론은 간단하다.

세력 구도를 위협하던 유리 막시모프 클랜은 다시 그저 그런 A등급 클랜으로 돌아가고, 아그리파 기사단은 그들의 1번 대를 잃는다.

여기까지 계산한 허공은 절대로 향련각을 지원군으로 보내지 않았으리라.

"하지만 그걸 어떻게 알았지?"

아는 사람도 없고, 유명하지도 않은 일개 플레이어가 어떻게?

경모의 고민은 길게 이어지지 않았다.

"조장, 손을 보태지 않을 겁니까?"

"빨리 보탭시다! 이러다가 활강하는 매를 놓치면 그건 또 무슨 손해입니까!"

구자영을 비롯한 향련각의 조원들이 몸이 달아서 경모를 보챘다.

여하간, 별림은 확실히 성공했다.

향련각을 지원군으로 받아내고, 심지어 인간 진영의 가장 강력한 일인 전력 중 하나인 S등급 플레이어 유리 막시모프를 데려왔다.

이는 혈혈단신으로 내려온 활강하는 매를 사냥하고도 남는 전력이다.

사냥한다면 그것으로 명예가 될 것이고, 오크 진영에서도 수위를 다투는 플레이어를 사냥한 경험은 업적이 되어 조원들의 몸에 깃든다.

최전선이라면 유리 막시모프를 방해할 생각도 하지 못했겠지만…….

"잠깐, 다른 전력이 없다?"

과연 없을까.

경모가 저도 모르게 머리를 쓸어 넘겼다.

'이런. 멍청히 생각만 하고 있을 때가 아니었군.'

인간 진영도 활강하는 매의 전력 이탈을 곧바로 눈치챘다.

다른 진영도 마찬가지일 것이다.

아그리파 1번대.

유리 막시모프.

천문의 향련각 3조.

이 정도의 전력이 빠졌다는 사실을 깨닫지 못할 리가 없었다.

그리고 이를 깨달은 오크 진영에서는 당연히, 지원군을 보낼 것이다.

여기까지 생각을 마친 경모가 목청을 높였다.

"예?"

"역홍!"

"예! 조장!"

얼굴에 커다란 칼자국이 난 무인이 씩씩한 목소리로 대답했다.

"엘프 녀석들을 처리합니까?"

"아니. 이 요새에 있는 뜨내기 플레이어들. 전부 C-1 요새로 퇴각시킨다. 실시."

"실시."

역홍이 고개를 숙이고 물러섰다.

자영이 물었다.

"홍이를 보낼 필요 있습니까? 저희는 위치만 지키는 게……."

"지원군이 올 거다. 오크 진영에서."

경모의 말에 풀어져 있던 향련각 무인들의 기색이 바뀌었다.

날카로운 인상의 청년이 물었다.

"그럼, 유리 막시모프를 도와 활강하는 매를 최대한 빨리 제압해야 하는 겁니까?"

"아니."

경모가 고개를 저었다.

전장에 개입하는 건 최악의 선택지다.

활강하는 매와 유리 막시모프의 대결은 최전선에서 구르는 향련각의 무인들이 비집고 들어가기 버거운 전장이다.

활강하는 매의 권능을 생각하면 괜히 들어갔다가 방해가 될지도 몰랐다.

정 급하면 개입해야겠지만, 굳이 따지자면 지금 급한 건 인간 진영 플레이어들이 아니다.

"급한 건 오크 진영이다. 저쪽은 활강하는 매를 돕기 위해 와야만 하는 입장이야. 앞에서 친다."

"유리 님과 따로 움직입니까? 아무리 유리 님이라지만 상대는 활강하는 매입니다. 오크 진영 2인자! 질 수도 있습니다."

"그 경우보다 우리까지 활강하는 매에게 묶여 있을 때 좋지 않은 구도로 습격당할 때 입을 손해가 더 커."

"그 전에 제압하면……."

"그게 가능하면 활강하는 매가 지금까지 살아 있지 않았겠지. 유리 막시모프도 마찬가지고."

다대다 전투는 개개인의 무력만큼이나 싸움의 구도가 중요하다.

활강하는 매를 잡는다고 흩어진 진영 상태에서 뒤치기를 당하기라도 한다면 전황은 끔찍해질지도 몰랐다.

차라리 깔끔한 일대일 구도를 만들어 두고, 다대다 전장을 만들어 두는 게 좋았다.

"어차피 둘 다 목숨을 걸지는 않을 거다."

한쪽으로 기울어지지 않은, 팽팽한 구도만 만들어지면 싸움은 멈출 거다.

애초에 활강하는 매의 목적이라던 윤태양이 어디 있는지 보이지도 않는 마당 아니던가.

경모가 소리쳤다.

"석조경 밑에는 담당자는 언제 오나! 부른 지가 언젠데 아직도 안 와!"

이 순간 향련각의 목표는 두 가지다.

윤태양을 도와 빚을 만들 것.

그리고 전력을 최대한 보존한 채 오크 진영과 '표면적으로' 전면전을 벌일 것.

그를 위해서는 현재 요새의 상황을 파악하는 게 중요한데, 책임자는 아직도 모습을 보이지 않았다.

뒤늦게 한 플레이어가 허겁지겁 달려왔다.

"죄송합니다."

"직책은?"

"땅따먹기 스테이지 클랜 소속 플레이어 종합 인사 과장입니다."

클랜 소속 플레이어 종합 인사 과장.

총사령관도 아니고 S, A등급 클랜의 사령관도 아니고, B등급 클랜장도 아니다.

'B등급 클랜장보단 높은가.'

하지만 담당자라고 하기에는 낮은 직급이다.

그제야 경모는 왜 담당자가 늦게 왔는지 알 것 같았다.

"윗분들이 사망 혹은 중상을……."

전장에서 한 번씩은 나타나는 그런 상황이다.

"됐어. 한 가지만 물어보지."

"예."

"플레이어 윤태양은 어디 있나?"

그 순간.

[인간 진영 플레이어 윤태양이 피버텐드의 시련을 통과했습니다.]

[지금부터 2시간 동안 플레이어 윤태양에게 유적, 나이트 홀스 (Night Horse)의 점유권이 부여됩니다.]

경모의 표정이 일그러졌다.

"와, 피버텐드의 시련을?"

"나이트 홀스라. 이거 진짜 물건은 물건이구나?"

"나이트 홀스를 플레이어 혼자서 제어할 수 있나?"

"조언 없이는 힘들걸? 아, 견제도 없으니까 괜찮으려나."

"이걸 왜 이제야……!"

경모가 턱을 쓰다듬었다.

"이런."

계산이 복잡해졌다.

오크 진영의 지원군이 어디로 향할 것인가.

윤태양을 지켜야 하나? 아니면 차라리 처음의 판단을 뒤집고 유리 막시모프와 활강하는 매를 찍어야 하나?

찍으면, 잡을 수는 있는가?

빠져나가는 걸 추격하는 과정에서 뜻밖의 전력 손실이 이루어진다면…….

경우의 수가 스쳐 지나가고, 곧 경모가 결론을 내놓았다.

최악의 경우.

윤태양을 잃고, 활강하는 매가 빠져나가는 그림은 향련각의 전술적 패배를 상징하게 된다.

유리 막시모프에게 미안하지만, 경모는 천문 소속의 플레이어다. 천문 소속의 플레이어는 그들의 대장인 허공의 사고방식을 따라야 했다.

유리 막시모프가 죽더라도 윤태양을 살려서 데려오는 게 이득이다.

그 과정에서 목숨을 빚진 윤태양에게 빚을 만들어 놓을 수도 있다면 금상첨화.

결정을 마친 경모가 중얼거렸다.

"우린 피버텐드로 향한다."

유적.

어떤 이들은 초월 병기라고 부르는 무기.

"하아아."

저도 모르게 내뱉은 입김에서 몽환적인 검은색 안개가 빠져나왔다.

암흑이 아니다.

행성의 지표면에서 바라본 우주의 색이다.

뻗어 나온 연기에 태양의 과거와 현재가 비쳤다.

푸르릉—.

귓가에 맴도는 말의 울음소리가 정신을 몽환적으로 고양시키자, 평소라면 있을 수 없는 속도로 사고가 회전했다.

마나를 느끼는 감각이 재정립됐다.

세계를 이루는 가장 작은 단위의 에너지에서부터, 불, 물, 바람과 같이 원소라는 형태로 결합된 에너지까지.

이렇게도 많았고, 이렇게도 몰랐다.

잡생각과 함께 구별된 마나를 끌어 모았다.

이슬, 어둠, 뒷면, 선선함, 싸늘함, 오싹함.

태양이 아는 모든 밤과 관련된 단어에서 파생된 에너지가 요동쳤다.

태양은 유적이 왜 초월 병기라고 불리는지 생각했다.

'어쩌면, 초월한다면 이런 감각일까.'

그런 감각을 느끼게 해 주기에 초월 병기라고 부르는 걸까.

모른다.

초월이라고 부를 만한 경지가 있는지.

초월자가 있는지.

하지만 만약 있다면, 이런 감각일 것 같았다.

후욱.

몽롱한 표정의 태양 앞에서, 한 남자가 담배 연기를 내뿜었다.

"고생했다."

유리 막시모프가 패배했을 때를 대비한 최소한의 병력만을 주둔시킨 채, 향련각의 무인들은 A−5 요새를 떠나 피버텐드로 향했다.

란이 그들을 바라보며 중얼거렸다.

"메시아, 우리도 가는 게 맞아? 기다렸다가 태양을 도와줘야 하는 거 아니야?"

"내 뜻이 아니야. 태양의 의견이야."

피버텐드에 전선을 형성하고, 활강하는 매와 유리 막시모프의 일대일 구도를 만들어야 한다는 게 주요 골자였다.

100 대 101보다는 1 대 2가 훨씬 효과적인 법이다.

만약 란과 메시아가 따라가지 않겠다고 한다면 경모는 란에게 연유를 물을 것이고, 태양이 A-5 요새로 돌아올 거라는 사실을 알게 된다면 경모는 피버텐드로 출전하지 않을 게 분명했다.

향련각을 움직이려는 이유가 태양을 살리기 위해서이기 때문이다.

그렇게 주요 전장이 A-5 요새가 되어 버리면 태양은 활강하는 매와 유리 막시모프의 싸움에 개입하기 어렵다.

당연히, 오크 진영에서도 그것을 방해할 것이기 때문이다.

"아무리 그래도…… 불안하니까 그렇지. 네가 내 의견을 좀 전달을 해 줘. 기다려야 되는 것 아니냐고. 그냥 클랜장님 여기 두고 향련각이랑 붙는 게 더 안전할 수도 있지 않아?"

별림이 조그만 목소리로 덧붙였다.

"……오빠가 그런 말로 말릴 수 있는 사람이었으면 여기 없죠."

"……."

"······."

태양을 정확히 관통한 별림의 말에 란과 메시아가 동시에 입을 다물었다.

콰앙.

뒤편의 요새가 다시 한번 무너질 듯 흔들렸다.

요새를 힐긋 바라본 란이 한숨을 내쉬었다.

"휴, 솔직히 클랜장님이 이렇게 강할 줄은 몰랐어."

"S등급 플레이어라더니. 확실히 대단하긴 하더군."

"······솔직히 너무 대단해서 걱정이야."

활강하는 매가 얼마나 강한지는 되물을 필요가 없다.

아무리 부상을 입은 상태였다고는 하지만 그 마나 유동만으로 태양이 각혈을 할 정도 아니었나.

그리고 지금, 저 멀리서 유리 막시모프와 벌이고 있는 대전을 보면 그 의문은 더욱 깊어질 수밖에 없었다.

태양이 저 전투에 개입할 여지가 있을까?

"태양은 저거 못 봤잖아."

별림이 란을 위로했다.

"일단 와서 보고, 안 될 것 같으면 포기할걸요. 우리 오빠 그래도 될 거 안 될 거 구분은 할 줄 아는 사람이에요. 같이 지내봤으면 알잖아요?"

"그건 그렇지만······ 여길 돌아오는 것만으로도 위험부담이야. 알잖아?"

"그렇죠, 뭐. 유적을 얻었다니, 자신 있으니까 온다고 하는 거 아니겠어요?"

"휴, 나는 모르겠다. 정말."

란과 별림의 대화 사이에서, 메시아는 속편한 표정으로 어깨를 으쓱였다.

솔직히 말하자면, 메시아는 판단을 포기했다.

윤태양은 그가 재단할 수 있는 인물이 아니라고 생각했기 때문이다.

솔직히 그랬다.

태양은 항상 메시아의 이해 범주 너머에 존재했다.

어떻게 이겼지?

어떻게 견뎠지?

어떻게 해냈지?

메시아는 아무리 생각해도 정답을 도출해 내는 데 실패했던 문제들.

아무렇지도 않게 해냈던 게 바로 윤태양이었다.

"어떻게든 하겠지. 이제까지 그래 왔던 것처럼."

❄

터엉.

부드러운 진각 뒤에 뻗어 오는 창날은 단순하지만 무겁다.

액셀러레이터(Accelerator).

막는 대신 피하는 선택지를 고른 유리 막시모프의 신체가 주욱— 잔상을 그리며 뻗어 나갔다.

활강하는 매가 뻗어 낸 운동 에너지는 애꿎은 스테이지가 감당했다.

콰아아아앙.

이미 반쯤 허물어진 요새에 커다란 크레이터가 추가됐다.

"이상하군."

활강하는 매가 중얼거렸다.

"딱히 강한 것 같지는 않은데."

착지, 의도를 숨기려는 듯 횡보를 반복하다가 급작스러운 전진.

뻔한 호흡, 본인이 편한 시점에서의 공수 전환.

움직이는 소녀의 동선은 숙련된 오크 전사가 보기에 뻔했다.

관통.

이데아에서 실시간으로 구체화된 방패가 창을 막아 냈다.

이상하다.

활강하는 매는 기술에 집착하는 스타일은 아니지만, 그렇다고 기술적인 부분에서 떨어지느냐 하면 그렇지 않았다.

실제로 활강하는 매가 행하는, 효율의 극에 달한 움직임은 신의 세례를 받은 육체에 힘입어 대부분 '스킬화'가 되어 뻗어 나간다.

스킬화.

어느 한 동작에 한해 완벽에 가까운 경지에 도달했을 때 이루어지는 현상. 또한 해내는 플레이어보다 못 해 내는 플레이어가 압도적으로 많은 기술.

하지만 차원 미궁을 올라가다 보면 열등한 플레이어는 걸러진다.

54층은 스킬화를 구현하지 못하는 플레이어가 희귀할 정도의 난이도였다.

후웅.

대검을 휘두르는 유리 막시모프.

대검 손잡이를 붙잡은 그립은 단단하기는 하지만 힘의 손실이 크다.

디딤발은 초인 수준에 다다른 근력을 효과적으로 증폭시키지 못했다.

대검을 휘두르는 과정에서 따라오는 신체의 움직임 역시 비효율적이기 그지없다.

아무리 좋게 평가해 봤자 이제 막 전투를 자각한 어린 전사수준의 일격.

스킬화에 도달하기에는 턱없이 부족한 수준의 움직임.

활강하는 매가 무심하게 창으로 찔렸다.

힘을 주지도 않은, 가벼운 찌르기.

유리 막시모프의 몸이 낭창거렸다.

쉽다.

신벌.

쫘자자자작!

뒤이어 따라오는 스킬이 아니었다면.

피부를 타고 흐르는 전기가 뇌를 흔든다.

절망의 권능이 더 큰 피해는 차단했지만, 이것만으로도 어이가 없었다.

저렇게 허술한 전사와 싸우는데, 미약하지만 본인이 먼저 타격을 입었다는 사실이.

활강하는 매와 유리 막시모프 사이의 지반이 얼음으로 뒤바뀌고, 간격을 벌린 유리 막시모프가 이번에는 거대한 더블 배럴 샷건을 이데아에 접속해 소환해 냈다.

철컥.

역시, 견착 자세와 손잡이를 붙잡은 유리 막시모프의 그립은 숙련자의 수준이기는 하나 대가라고 보기에는 부족했다.

콰아아아앙!

녹빛 피부의 전사는 가볍게 몸을 뒤집고, 총탄은 허공만을 찢어발겼다.

허공에서 휘두른 전사의 팔이 창을 쏘아 냈다.

퍼억.

트릭 쇼(Trick Show) - 까마귀 인형.

까마귀가 되어 흩어지는 유리 막시모프의 인형.

"허."

활강하는 매가 헛웃음을 지었다.

"듣기는 들었다만…… 확실히 이상하군."

균형이 맞지 않는다.

직접적인 전투 기술은 삼류다.

동작의 완성도는 스킬화에 닿기에 턱없이 부족한 수준이다.

하지만 스킬과 감각적인 대처를 통해 전투를 이끌어 가는 교전 능력은 명백히 일류다.

상식적으로 이해되지 않는 상황.

활강하는 매는 이해에 매몰되는 대신 전투에 몰입하기로 했다.

"이런 기회, 쉽게 오지 않으니까 말이지."

차원 미궁은 언제나 제 한계를 시험하는 장소였다.

하지만 그것도 어느 순간까지만.

37층에 돌입하여 종족에 따른 진영이 생기고, 그 진영 간의 각축전이 시작되면서 상황이 달라졌다.

활강하는 매와 같은 최중요 전력의 손실이 용납이 안 되는 상황이 와 버린 것이다.

본래부터 실리만을 추구하던 엘프, 자기 밥그릇 챙기기에 급급한 인간과 달리 오크는 전사의 명예를 존중하는 인종이었으나, 어느 순간부터 그것도 옛말이 된 것 같았다.

어느 한 전장에 강자가 등장하면, 반대 진영에서는 해당 진영을 포기하고 다른 전장에 힘을 준다.

두 강자가 맞부딪쳤다가 부러질 경우, 혹은 양패구상할 경우 나머지 한 진영이 웃는 상황이 도출되기 때문이다.

그렇기에 유리 막시모프 수준의 강자와 붙는 지금이 활강하는 매에게는 오랜만의 즐거운 자극이었다.

"오랜만에 흠뻑 즐기겠어."

활강하는 매가 활짝 웃었다.

쿠웅.

콰드드드드.

마음먹고 강하게 내리찍은 진각에 그렇지 않아도 심각하게 파손된 A-5 요새가 아슬아슬하게 휘청였다.

절망의 권능이 대기를 잠식하고, 압도적인 밀도의 마나가 유리 막시모프의 부드러운 살결을 날카롭게 찔렀다.

유리 막시모프가 손을 휘둘렀다.

스킬 합성.

액셀러레이터(Accelerator) + 원소 방패 - 화(火).

파이어 실드 차지(Fire Shield Charge).

슈와아아아아아아앙!

메이그마란도의 기운을 한껏 머금은 화염의 방패가 묵직한 질량으로 튀어나갔다.

활강하는 매의 호흡을 절묘하게 빼앗는 일수.

"후읍."

크게 날숨을 들이마신 활강하는 매가 창을 내질렀다.

유리 막시모프의 눈썹이 들썩였다.

평소와 같은 전진이지만, 그 안에 담긴 마력 운용의 묘리가 다르다.

회전격(回轉格).

간단한.

아주 기본적인 기교를 아주 약간 더 섞었을 뿐인 일격.

누군가에겐 기본이지만 효율의 극한을 추구하는 활강하는 매에게는 아니다.

회전이라는 기교에서 뽑아 넣을 수 있는 기술의 총체가 활강하는 매의 창격에 담겼다.

그 결과는.

콰드드드득.

형편없이 찌그러진 방패.

유리 막시모프의 표정은 변하지 않았지만, 이마에 설핏 흐르는 땀방울이 상황을 대변했다.

활강하는 매가 씨익 웃었다.

투웅.

한걸음에 30m 공간이 접히고, 어느새 지척에 달라붙은 활강하는 매의 창이 유리 막시모프의 목젖을 노렸다.

스킬 합성.

권능: 일시정지(一時停止) + 절대 영도.

절대영도 ─ 엔트로피(Entropy): 빅 프리즈(Big Freeze) 일부 구현.

의도를 확인한 순간, 다시 한번 얼어붙은 우주의 일부가 구현됐다.

이번에는 창날을 넘어서, 활강하는 매마저 얼어붙은 우주 안에 갇혔다.

활강하는 매의 이마에 힘줄이 생겼다.

"신기한 기술이야."

얼음과 정지가 이음동의어(異音同義語)였던가.

짧은 고민은 뒤로하고, 활강하는 매의 근육이 부풀었다.

하지만 원자 단위에서 고정되어 버린 몸은 한 치의 움직임도 없었다.

다만,

"큭."

유리 막시모프의 입에서 신음이 흘러나왔다.

멸망한 세계를 일부나마 억지로 구현하는 기술이다.

아무렇지 않게 사용할 수 있다면 그게 더 신기한 일.

짧은 시간 대치 상황이 지나가고, 유리 막시모프가 거리를 벌린 채 상황이 재개됐다.

"언제까지 도망갈 수 있을 것 같나?"

그 순간 A-5 요새의 빛이 사라졌다.

떠오르던 태양이 어둠에 장막에 뒤덮여 빛을 잃고, 저녁 특유의 싸늘한 한기가 사위를 감싼다.

활강하는 매와 유리 막시모프가 동시에 하늘을 바라봤다.

스모크 매직: 더스트 게이트(Dust Gate).

태양이 히죽 웃었다.

"오래간만입니다, 클랜장님."

꽃장식

활강하는 매와 유리 막시모프의 싸움을 한마디로 표현하자면 이렇다.

종이 한 장이 그대로 경동맥을 그어 버리는 결전.

최전선에서 날고 긴다는 향련각의 무인들이 행여 방해가 될까 봐 오히려 유리 막시모프와 활강하는 매의 결전에 참여하지 않았다.

유리 막시모프와 활강하는 매의 전장은 그런 수준이었다.

그리고 태양은 마왕들도 감탄할 정도의 속도로 성장을 거듭했지만, 아직 저런 이들과 전투를 지속할 수 있을 정도로 캐릭터를 육성하지 못했다.

'딱 한 대.'

태양의 목표였다.

유의미한 한 대는 한 장의 종이가 되고, 유리 막시모프는 그종이로 활강하는 매의 경동맥을 그으면 된다.

유리 막시모프는 충분히 신뢰할 수 있다.

태양은 이미 15층, 안드라스의 도서관에서 유리 막시모프를 만났고, 그녀가 얼마나 강한지도 알았다.

히히히힝-.

밤이 되어 버린 대낮의 하늘에서 말의 울음소리가 들려왔다.

[플레이어 활강하는 매에게 밤의 안식이 찾아옵니다.]

[플레이어 윤태양, 살로몬, 석조경, 유리 막시모프에게 새벽의 영감이 찾아옵니다.]

초월 병기, 나이트 홀스.

시전자의 적에게 대규모 저주를, 아군에게는 축복을 부여하는 신비로운 유적.

전투의 긴장으로 조여진 활강하는 매의 근육이 저도 모르게 풀렸다.

심장은 전투가 아닌 휴식할 때의 리듬으로 뛰고, 잔뜩 활성화된 신경은 평상시의 속도로 오갔다.

반대로 태양에게는 창작자의 영감이 샘솟았다.

평상시였으면 실수라 치부될 행위가 창의성을 건드리는 트리거가 되고, 활성화된 오성은 절묘하게 뇌리를 꿰뚫는 발상을 떠올리게 했다.

강화된 태양.

반면 약화된 활강하는 매.

스모크 매직 : 워리어 그레이브(Warrior Grave).

시작은 살로몬이었다.

근육 조직을 잡아 찢는 해무(害霧).

시전자도 움직임을 제어하기 버거울 정도로 무거운 안개가 급속도로 가라앉아 활강하는 매를 휘감았다.

활강하는 매가 눈을 감았다.

오크의 몸에서 발출된 절망이 해무를 밀어냈다.

-인간사는 하늘이 정하니 겸허하라.

회복을 위해 운기조식에 들어갔던 석조경이 어느새 활강하는 매의 목에 검을 겨누었다.

"흐음."

휘어 들어오는 검기가 자못 날카롭다.

초월 병기가 보조한 오성은 석조경의 무공을 일시적이나마 한 단계 위의 것으로 만들기에 충분했다.

활강하는 매가 팔을 뻗었다.

초강격.

끼이익.

운명을 모방한 석조경의 검이 그대로 일그러졌다.

부러진 것이 아니다.

곧게 서 있던 강철이 압도적인 밀도의 마나와 섞인 권능을 만나니, 종이처럼 그대로 휘어져 버린 탓이다.

"이게 무슨……."

짧은 단말마가 석조경이 할 수 있는 말의 끝이었다.

퍼억.

기껏 회복한 몸에 다시금 구멍이 뚫리고, 석조경의 입에서 한 움큼은 되는 핏덩이가 쏟아져 나왔다.

태양이 그를 바라보며 생각했다.

'목숨까지 던질 필요는 없었는데.'

물론, 안다.

석조경의 마음가짐보다는 활강하는 매의 대처가 문제였다는 걸.

'그래도, 당신의 희생은 잊지 않을게.'

밤의 안식 때문에 졸음에 절어 버린 활강하는 매의 둔해진 감각.

살로몬이 남은 마나를 모조리 털어서 만들어 낸 안개.

한 무인의 목숨을 도외시한 일격.

덕분에 마왕의 신체를 빌려 입은 야수가 기어코 전사의 기감을 뚫어 내고 등을 점했다.

후욱.

이 순간, 태양의 마나 회로는 우주가 되었다.

마나는 광활한 우주를 타고 흐르는 은하수다.

용왕의 별.

기만자의 별.

전사의 별과 도전자의 별.

별들은 수학의 순리를 따라 흐른다.

지구가 태양의 주위를 돌고, 또 스스로 돌 듯이.

모두가 일정한 방향으로 돌며 안정적으로 엔트로피를 소비했다.

어느 순간, 한 행성이 운행을 멈췄다.

오른쪽으로 공회전하던 행성은 왼쪽으로 공회전을 시작했다.

쿠구궁.

기존의 흐름을 따라가던 행성과 노선을 바꾼 행성이 부딪쳤다. 온 우주에 파괴와 폭발의 소음이 가득 찼다.

기존과는 비교도 할 수 없는 압도적인 에너지가 우주를 뒤흔들었다.

태양이 활강하는 매의 가슴에 주먹을 박아 넣었다.

역천지공(逆天之工) – 파천(破天).

　

목숨을 도외시하고 어떤 목표를 향해 도전하는 건 어려운 일일까.

당연하다.

인간은.

아니, 모든 생명체는 삶에 대한 집착을 가지고 있다.

하지만 현대에 접어든 지구에서, 한 가지 경우의 목숨을 도외시하는 행위를 꽤 많이 발견하게 되었다.

자살.

경제적인 이유, 학업 성취도로 인한 비관, 연애 문제에서 비롯한 절망, 세상의 무관심함 등등이 그 이유다.

그리고 최근 현대 사회에서 가장 커다란 지분을 차지한 자살 원인은 차원 미궁이었다.

단탈리안이 '진실' 스테이지에서 차원 미궁의 목표를 만천하에 공표한 이후, 세계 각국의 정부는 홍역을 앓는 중이었다.

실시간으로 FBI와 미국 정부를 농락하는 단탈리안의 모습은 분명 상징성만큼은 엄청났다.

놀랍게도, 지구의 인간들은 목숨을 버리는 대신 희박한 확률이나마 마왕과 같은 능력을 얻기를 희망했던 것이다.

몇몇 국가는 해당 사건 이후 천문학적인 반발을 감수하며 가상현실 캡슐을 전량 회수해야 했을 정도로.

이에 관해 전문가들은 '단탈리안 접속 현상'의 지분 대부분이 윤태양에게 있다고 주장했다.

"어이없는 일이지."

어이없는 동시에 부정할 수 없다.

현재 윤태양은 3억 인구의 목숨을 어깨에 진 채 활동하는 단탈리안 공인의 영웅이다.

단탈리안이 개입하면서 지구의 어떤 존재도 태양의 인터넷 방송을 건드릴 수 없게 되었으므로, 전 세계에 항상 방영된다.

지구에서 윤태양은 지나치게 신격화되고 있었다.

지구에 호모 사피엔스가 등장한 이래로 이렇게 많은 동족의 관심을 받은 영장류는 단연 태양이 처음이었다.

세이비어(Savior)라는, 태양이 온몸을 벅벅 긁어 대게 만들었던 별명은 약과다.

항상 방송되고 있는 윤태양의 플레이는 하루 단위로 영화에 가까운 퀄리티의 영상 매체로 가공되어 나왔다.

농담으로 던진 말 중 조금이라도 웃기다 싶은 단어는 그대로 밈(Meme)이 되어 몇 날 며칠 동안 유행이 되어 세계 전역에 퍼지고, 심지어 차원 미궁에서 태양이 익힌 무공을 모방하여 무술관을 여는 사례도 생겨났다.

사람 셋이 입을 맞추면 없는 호랑이도 만든다고 했다.

수백, 수천의 미디어는 윤태양을 다시는 나오지 않을 지구 연맹의 용사로 만드는 데 성공했다.

현혜가 손톱을 깨물었다.

이미 충분히 강하고, 이대로만 가면 역대 최강의 플레이어는 되고도 남아 보이는데.

실제로 다른 플레이어들의 반응 역시 그런데도.

태양은 또다시 모험에 몸을 내맡겼다.

─말렸어야 했어.

현혜는 자살에 관한 데이터를 들먹여서라도 태양을 말렸어야 했다.

활강하는 매는 아직 이르다고.

최전선의 플레이어는 최전선에서 대적하는 게 맞다고.

순서대로 계단을 밟는 게 옳다고.

하지만 현혜 태양을 말리지 못했다.

더 높이, 더 어려운 방식으로.

사서 고생하자고.

안주하지 말고 끝없이 뛰어가자고 이야기한 건 역설적이게도 현혜였다.

현혜가 제 이마를 감싸 쥐었다.

쾅.

현혜의 뒤편에서 커다란 소음이 들려왔다.

사람의 신체가 캡슐 벽면에 부딪히는 소리다.

그 이유는 화면 속에 있었다.

태양의 주먹은 활강하는 매의 가슴을 꿰뚫는 데 성공했고.

"……쿨럭."

활강하는 매의 창도, 태양의 가슴을 꿰뚫는 데 성공했다.

각혈한 태양이 활강하는 매의 창대를 붙잡았다.

＊＊＊

유리 막시모프가 눈을 감았다.

신전의
원코인
클리어

이데아(idea) 접속.

검은 무언가를 베기 위해 존재하고, 의자는 앉기 위해 존재한다.

책은 읽기 위해 존재하며, 옷은 입기 위해 존재한다.

이데아는 이런 모든 물건의 원형이 존재하는 공간이다.

검, 의자, 곡괭이, 옷.

검의 목적은 무언가를 베기 위한 것이다.

그러므로 이데아에 존재하는 검의 원형은, 모든 것을 벨 수 있는 물건이다.

의자 역시 마찬가지다.

이데아에는 사용자를 가장 편안한 형태로 받쳐 주는 의자가 존재한다.

곡괭이는 세상에서 가장 효율적인 형태를 취하고 있으며, 옷 역시 완벽한 기능성과 디자인을 겸비한다.

이데아에 접속한 유리 막시모프는 상상했다.

'오크를 베는 검'의 원형을.

일대일 전투에서라면 한없이 길었을 기다림.

유리 막시모프의 머릿속에 수백, 수천 개의 검이 지나갔다.

폭풍을 베는 검.

어느 차원의 인류를 말살한 검.

신의 복부에 박힌 검, 용의 목을 잘라 낸 검.

신화와 전설의 원전, 인간이 가진 관념의 실체.

유리 막시모프는 그 안에서 기어코 하나의 검을 골랐다.

이내 유리 막시모프가 몸을 휘청였다.

마나 회로의 마나가 일순간 다 빠져나갔기 때문이다.

이데아 접속은 소환할 장비를 디테일하게 상상할수록 반동이 컸다.

'모든 오크를 죽여 버릴 수 있는 검' 정도의 디테일은 당연히 엄청난 대가를 요구했다.

'스킬은 최소 한 달 동안 봉인.'

그것 외에도 마나 회로 일부 잠김, 간헐적인 감각 뒤엉킴 등의 부작용이 따라올 것이다.

이런 부작용을 안고 시전한 이데아 접속.

한없이 편리해 보이지만, 이 기술 역시 차원 미궁에서 파생된 기술답게 냉혹하다.

만약 유리 막시모프의 경지가 부족했다면, 이렇게 대가를 치르고 소환된 검은 그녀가 원하는 성능을 가지고 있지 않으리라.

스릉.

유리 막시모프의 오른손에 손잡이 15cm, 검신 1m의 기다란 장검이 잡혔다.

가슴이 꿰뚫린 활강하는 매가 피를 뱉어 내며 중얼거렸다.

"오크 슬레이어(Orc Slayer)."

오크들의 멸망 신화 속, 모든 하이 오크의 목을 베어 냈다는 악신의 병기.

신편의
원코이
클리어

유리 막시모프가 가볍게 손목을 휘두르자 활강하는 매의 몸이 움찔, 떨렸다.

활강하는 매가 겁을 먹은 것이 아니다.

DNA에 각인되어 있는 종의 본능이 활강하는 매의 신체를 잠식했다.

자박.

유리 막시모프의 발치에서 형편없이 박살 난 염석 조각이 가루가 되어 바스러졌다.

움직임을 인지한 동시에 활강하는 매가 반응했다.

콰득.

반응하려 했다.

"쿨럭. 어딜."

"……이런."

다시 한번 각혈을 뿜어낸 태양이 시뻘게진 입가를 닦지도 못하고 사납게 웃었다.

입가를 닦지 못한 이유는 간단하다.

가슴이 관통당한 채, 활강하는 매의 창을 붙잡고 있었기 때문이다.

창을 쥐지 않은 오크 전사의 왼편에 새까만 불길이 솟아올랐다.

권능 : 절망의 창.

활강하는 매는 태양에게서 창을 회수하는 대신, 실시간으로 권능을 응집해 창을 만들어 냈다.

누군가가 보면 창조주의 성역에 발을 디뎠다며 경악할 장면.

하지만 종잇장으로 경동맥을 찢어 내는 전장에서 활강하는 매의 권능 발현은 찰나의 망설임이었다.

그리고 그 찰나의 망설임은.

액셀러레이터(Accelerator).

퍼억.

위대한 오크 전사의 머리와 몸통을 분리시키기에 충분했다.

⁂

달그락, 달그락.

거친 발걸음에 등에 메인 엽총이 벨트에 부딪혀 소음을 만들어 냈다.

녹색 정장에 녹색 중절모를 쓴 남자는 신경질적인 손놀림으로 등에 메인 엽총을 고쳐 맸다.

넓고 긴 복도.

바르바토스는 한참이나 더 걸어서 복도의 끝에 도착했다.

복도의 끝에는 커다란 문이 있었다.

문에는 그림이 양각되어 있었다.

행복한 표정으로 손나팔을 부는 아기 천사와 예술적으로 표현된 따스한 햇볕.

화려한 궁전 안, 수줍은 표정으로 조각 같은 남성의 춤 제의를 받는 아름다운 여성.

그리고 그 궁전의 밑, 흉물스러운 신체를 내놓은 채 꿀렁꿀렁 피를 흘리는 전사 직전의 병사.

그 병사의 피를 받아먹는, 아기인지 괴물인지 모를 요사한 생명체.

마치 천국과 지옥이 그라데이션으로 표현된 듯했다.

바르바토스는 망설임 없이 문을 밀고 들어갔다.

"오. 바르바토스?"

바르바토스를 반긴 건, 옥좌와 같은 화려한 의자에 앉아 무료한 표정으로 허공을 바라보던 소년.

제1계위 마왕, 바알이었다.

"무슨 일이야?"

"무슨 일이냐고?"

바르바토스가 헛웃음을 내지었다.

"땅따먹기 스테이지를 못 봤다고 할 셈이냐?"

"아니, 봤지. 근데 왜?"

왜.

왜라.

바르바토스의 입꼬리가 사납게 찢어졌다.

"근데 왜? 단탈리안의 개수작이 네 눈에는 보이지 않던가?"

태양은 개화하지 않았다.

바르바토스는 필멸자가 신성을 통해 '개화' 하는 과정에 대해 무지했다.

하지만 땅따먹기 스테이지를 봤다면 모를 수가 없다.

단탈리안은 제 신성을 떼어 윤태양에게 줬고, 윤태양은 그 신성을 토대로 다른 마왕들이 제 플레이어에게 넘긴 권능을 흡수한다.

권능, 그 안에 들어 있는 해당 마왕의 신성 일부를.

이는 규정 위반이다.

"단탈리안은 명백히 선을 넘었다. 놈은 내 신성을 훔쳤어! 신성을 건드리는 건 마왕 간의 협약에 명백히 어긋나는 일이다. 왜 제재하지 않지?"

소년이 고개를 갸웃거렸다.

"왜 제재해야 하는데?"

"뭐?"

"불만이면 네가 직접 '사적 제재' 하지? 난 말린 적 없는데."

바르바토스의 이마에 핏대가 섰다.

"지금 사적 제재라고 했나? 내가 지금 누구 때문에 참고 있는지……."

"그래, 하라고. 참지 말고. 네가 손해 본 건 알겠는데, 뭐. 나보고 어쩌라고? 너도 푸르카스처럼 마계 재판이라도 열든가. 설마 내가 직접 나서서 네가 손해 본 걸 단탈리안한테 따져 달라는 이야기야?"

신컨의
원코인
클리어

소년이 머리를 긁적이며 태연한 표정으로 바르바토스의 심중을 찔러 댔다.

바르바토스가 마왕이 만들어 놓은 여러 시스템을 이용하지 않고 바알을 직접 찾아온 이유.

다른 말로 단탈리안에게 직접적으로 덤비지 않은 이유.

간단하다.

단탈리안의 심계가 두려웠기 때문이다.

"왜. 못 이길 것 같아? 그럼 어쩔 수 없지. 손해 봐야지."

바르바토스가 물었다.

"바알. 지금 나도 단탈리안처럼 선을 넘으라고 종용하는 건가?"

"바르바토스, 내가 단탈리안을 두고 보는 이유가 뭔지 알아?"

"……."

"내 눈치 안 보고 지랄하는 유일한 마왕이어서 그런 거야."

바알이 하얗게 웃었다.

"선을 교묘하게 타긴 하는데, 분명 넘어. 문제 삼자면 문제 삼을 수 있을 만큼."

바알이 좌악- 팔을 뻗었다.

마치 연극에서 중요한 대사라도 치듯이.

"그런데! 단탈리안은 그 모든 걸 감수해. 내가 할 제재. 다른 마왕들이 찌푸릴 눈살. 그로부터 파생될 모든 부정적인 반응과 결과. 난 그게 마음에 들어. 우리 원래 그런 존재잖아. 단탈리안은 나한테도 안 쫄았고, 다른 마왕들한테도 안 쫄았어."

그냥 자기 X대로야.

바알이 제 하얀 이를 드러냈다.

"바르바토스, 너도 쫄지 말고 알아서 할 거 해. 물론, 내가 언제 마음이 바뀌어서 지랄할지 모르지만, 그걸 두려워해서야 마왕이라고 할 수 있겠어?"

우린 그런 존재잖아. 아니야?

콰드드드드드득.

바르바토스가 박차고 들어온 문이 꾸깃꾸깃 접혔다.

직경 30CM는 가뿐히 넘을 통짜 금속이 마나의 유동만으로 찌그러진 것이다.

잠깐 바알을 노려보던 바르바토스는 이내 신경질적으로 문이었던 금속 뭉치를 걷어찼다.

콰앙.

금속 뭉치가 바알의 방 벽면을 무너뜨렸다.

"지금부터는 그럼, 네가 원하는 대로 하지."

"마음대로. 그런데, 이미 늦지 않았어? 조금 많이?"

바알이 웃었다.

바르바토스는 대답하지 않고 방을 빠져나갔다.

바알이 바닥을 내려다보았다.

부서진 문의 잔해.

그라데이션으로 층층이 나뉘어 있던 양각들이 어지럽게 얽혀 있었다.

아름다운 여인은 사지가 찢어진 채 널브러져 있고, 나팔을 부는 어린아이와 요사한 괴물이 그 주위를 맴돈다.

또한 조각 같은 남성은 부상당한 전사에게 손을 내밀고 있었다.

확인 사살을 위한 것인가, 부축을 위한 것인가.

그 의도를 특정할 수 없는 절묘한 배치였다.

과연 바르바토스는 이 그림을 예상하고 찼는가.

그렇지 않다면 이 배치는, 운명인가.

확실한 사실은 하나다.

바르바토스가 걷어찬 문은 바알의 앞에 이런 형태로 나타났다.

바알이 홀로 남은 방에서 중얼거렸다.

"그래. 많이 참았어. 충분히."

손바닥이 떨리고, 심장이 근질거렸다.

전투를 너무 오래 쉬었다.

✦

C-2 차원. 암흑 해협.

정원 1천 명을 가볍게 웃도는 범선에 거센 파도가 몰아친다.

철썩.

수십 미터를 튀긴 바닷물이 석조경의 안경에 닿았다.

"암흑 해협. 오랜만이군."

A-5 요새에서 활강하는 매에게 죽음에 이르는 부상을 당했지만, 다행히도 죽지는 않았다.

유리 막시모프 덕분이었다.

아니, 윤태양 덕분이라고 해야 할까.

활강하는 매의 목을 베어 낸 유리 막시모프는 전투 직후 윤태양을 되살리기 위해 엘릭서를 사용했는데, 그 과정에서 사용하고 남은 엘릭서를 석조경에게 뿌렸기 때문이다.

엘릭서.

50층 클리어 당시 MVP 플레이어에게 부여된 기물이었다.

"제2의 목숨을 일개 클랜원을 위해 쓸 줄이야."

천문에서는 상상도 할 수 없는 일이다.

물론 윤태양도 일반 클랜원이라고 부를 수 있는 수준이 아니긴 했다.

"이야, 이런 장면은 또 처음 봅니다? 인간 진영 플레이어만 나선 암흑 해협이라."

향련각 3조 조장, 경모가 감탄하며 바다를 내려다보았다.

하나의 범선에 연결된 수십 개의 쇠사슬.

그리고 그 쇠사슬에 연결된 수십 개의 소형 선박.

선박을 채우고 있는 건 인간 진영 플레이들이다.

본래라면 2척의 범선이 더 있어야 했다.

오크 진영의 범선과 엘프 진영의 범선.

또한 인간 진영 플레이어들의 선박은 저렇게 넓게 산개해 있는 것이 아니라, 오밀조밀 뭉쳐 있는 게 본래 물감 아귀가 출몰하는 시기의 암흑 해협 경관이었다.

적나라하게 표현하자면 그동안 물감 아귀 레이드에서 인간 진영은 어떻게든 콩고물 하나라도 더 집어먹으려고 애쓰는 새우에 불과했다.

오크와 엘프라는 두 고래 진영의 싸움에 등이 터지지 않으려고 애를 쓰면서.

실제로 주기가 돌아왔는데 레이드 기여도가 0이라서 다음 스테이지로 넘어가지 못하는 플레이어도 있을 정도였다.

하지만 지금.

오크 진영과 엘프 진영은 물감 아귀가 나타날 시간이 되었는데도 범선을 띄우지 못했다.

"이 악물고 C-1 요새라도 지키고 있자던 녀석들. 죄다 입을 닫은 걸 보니 시원하긴 하더이다."

"그렇습니까."

"하면 되는 건데 말이야. 안 그렇습니까?"

껄렁하게 말하는 경모의 말에 석조경이 희미하게 웃었다.

인간 진영이 이를 악물고 C-1 요새만 수성하고 있었던 이유역시, 암흑 해협과 가까워서였다.

그나마 그런 지역적인 이점을 살리지 못했다면 암흑 해협에 들어오기조차 힘들 정도로 땅따먹기 스테이지의 인간 진영 플레이어들은 위축되어 있었다.

하지만 활강하는 매가 충격적으로 사망하고, 땅따먹기 스테이지의 세력 구도는 완벽하게 뒤집혔다.

A-6, A-5 요새 점령을 필두로, 석조경과 경모가 이끄는 인간 진영 플레이어들은 5개의 요새를 내리 점령하는 것에 성공했다.

총 13개의 요새 중 8개의 요새가 인간 진영의 차지가 된 것이다.

요새 과반수를 차지한 덕분에 태양이 잠시 빌려 사용했던 유물, 나이트 홀스 역시 인간 진영이 점유하게 되었다.

"쉼터 올라와서 고개 좀 빳빳하게 들고 다니실 수 있겠습니다? 총사령관 부임한 지 얼마 안 되시지 않았습니까? 자세히는 모르지만."

"부임한 지 얼마 되지는 않았지만, 이게 뭐 딱히 자랑거리라고."

애초에 최전선에서 활약하고 있어야 할 유리 막시모프라는 비대칭 전력의 존재 자체가 사기에 가깝다.

현재 인간 진영 플레이어의 번성은 석조경의 능력이 아니라 유리 막시모프의 능력이라고 봐야 옳았다.

"제 어깨가 좀 펴지려면, 그분이 나간 다음 어떻게 현상황을 유지하느냐가 문제겠지요."

"하긴. 그것도 그러네요. 곧이죠?"

"윤태양이 클리어하는 걸 보고 나간다고 하셨으니."

"크. S등급 플레이어가 끼어 있는 5인 클랜. 클랜장이 확실히 낭만이 있네요. 이렇게 대놓고 키워 주다니, 이거 우리 애들 사기를 걱정해야 하는 거 아닙니까? 장문인 어디서 뭐 하고 계시냐고."

물론 농담이다.

가볍게 웃은 석조경이 이내 얼굴을 굳혔다.

"솔직히 진영의 입장에서 봤을 땐 전술적으로 좋은 선택은 아닙니다만."

실제로 유리 막시모프가 땅따먹기 스테이지에 엉덩이를 붙이고 있는 만큼 최전선에서는 곡소리가 나오고 있을 것이 분명했다.

"유리 막시모프, S등급 플레이어란 건 알았지만 그 활강하는 매를 잡아낼 줄이야."

석조경이 감탄하자 경모가 고개를 흔들었다.

"유리 막시모프는 상수였죠. 윤태양이 대단한 겁니다."

전술적으로 좋은 선택이 아닌 것 같다고는 하지만, 유리 막시모프의 최전선 귀환을 종용할 수 없는 이유.

바로 윤태양 때문이다.

활강하는 매.

아무리 유물이라는 초월 병기를 사용했다고는 하지만, 활강하는 매에게 치명적인 타격을 입혔다는 건 엄청난 일이다.

경모가 히죽 웃었다.

"거기에 우리를 미끼로 사용하는 대범함까지."

"감히 천문을 그런 식으로 이용하다니. 다른 플레이어였으면 참수 감이었습니다."

"그런데 결과를 내 버렸네. 참나. 그것도 활강하는 매의 목이 그 결과야."

말도 안 되는 일이다.

그래서 윤태양의 가치는 더 빛났다.

"운이 아니라는 것도 증명이 됐고 말이죠."

"솔직히 놀랐습니다."

나머지 요새를 점령할 때에도, 태양 일행은 항상 인간 진영 플레이어의 선두에 섰다.

이번 땅따먹기 스테이지에서 스스로 빛을 내는 별, 항성이라고 할 만한 플레이어로 평가되는 이들은 셋이었다.

삼 신성.

태양, 파카, 운룡.

이들은 기존의 플레이어와 충분히 대적할 기량을 가진 신입들이라고 평가되며 통합 쉼터에서도 많은 기대를 모았었다.

하지만 까놓고 보니 삼신성이라는 말이 무색할 만큼, 태양은 홀로 빛나는 별이었다.

확실한 어나 더 클래스.

신킨의
원코어
클리어

태양이라는 항성에 비친 란, 살로몬, 메시아라는 행성이 오히려 더욱 빛나 보였으니 말 다했다.

이 정도로 대단해 버리면 질시의 감정도 들지 않는다.

감탄을 거듭하던 경모가 문득 인상을 찌푸렸다.

"장문인은 도와주는 그림을 주문하셨는데. 이거 된통 깨지겠네."

천문은 본인의 행보를 미끼로 이용했다는 빚 역시 철저히 받아 낼 힘이 있는 집단이지만, '아' 다르고 '어' 다른 법이다.

미끼로 쓰이는 천문.

태양을 돋보이는 조연 역할을 해 준 천문.

태양을 '도와준' 천문과는 어감이 확연히 다르니까.

경모의 솔직한 입장에서는 그런 대단위 전면전에서 제대로 전투하지 않고 시간만 벌었기 때문에 전력 손실이 없었다는 점은 고마웠지만, 그뿐.

그림이 그림인지라 경모 입장에서는 문책을 피할 수 없게 되었다.

"아, 이거 귀찮게 됐네."

경모가 벅벅 머리를 긁어내는 사이, 암흑 해협에 여명이 찾아들었다.

[암흑 해협에 물감 아귀가 강림합니다.]

[물감 아귀 레이드 이벤트가 발생했습니다. 물감 아귀를 사살하는

데 기여한 플레이어는 해협 스테이지로 넘어갈 권한을 얻습니다.]

쏴아아아아아-.

해협.

육지와 육지 사이 기다랗게 나 있는 해수로의 정중앙에 커다란 소용돌이가 생겨났다.

모든 마법적인 현상, 마나온기.

철컹- 철컹-.

선박과 범선을 잇는 쇠사슬이 팽팽하게 당겨지고, 이내 소용돌이 중앙에 시커먼 그림자가 비쳤다.

좁고 깊은 암흑 해협의 대 괴수, 물감 아귀의 등장이었다.

"나타났다!"

"직전에 암기한 수칙대로 움직인다!"

"팔괘! 팔괘를 그려야 한다! 선박의 위치를 옮겨라!"

범선에서 그 모습을 바라보던 석조경이 눈을 감았다.

히히힝.

어디선가 말의 울음소리가 들려왔다.

동시에 암흑 해협을 잠시 들른 여명이 화들짝 놀라 저 멀리로 사라졌다.

여명의 빛이 들어도 어둡기 그지없던 암흑 해협이 일순간 완전한 암흑에 흠뻑 젖어들었다.

동시에 거친 파도가 잦아들었다.

파도에게도 밤이 온 것이다.

"크으."

경모가 찰지게 감탄사를 내뱉었다.

인간의 통제권 바깥에 있다고 생각했던 자연현상이 단숨에 잦아드는 장면.

웅장했다.

물감 아귀 역시 깊은 밤이 유도하는 수마에 몸을 쉽사리 뒤척이지 못하고, 새벽의 영감에 휩싸인 플레이어들이 물감 아귀에게 마구잡이로 제 무기를 휘둘렀다.

잔잔해진 파도가 다시 거칠어지고, 물감 아귀가 움직이기 시작했다.

머금은 바닷물을 대포처럼 쏘아 대고, 올라오면서 머금은 이적을 재조합해서 쏟아 내고, 선박 몇 개는 소용돌이를 이용해 심연의 해저로 끌고 가 버렸다.

하지만 희생자는 없다.

쏘아 낸 바닷물은 미리 만들어진 방패가 막아 내고, 물감 아귀가 재조합해서 쏟아 낸 이적은 플레이어들에게 축복으로 작용한다.

해저로 곤두박질칠 선박에서는 물감 아귀와 상극인 유해물질이 풀려나와 물감 아귀의 도주로를 차단했다.

21세기 지구에서의 컴퓨터 게임에서나 볼법한 완벽한 공략.

롤 플레이어들의 세팅이 빠르게 지나가고, 딜 타임(Deal Time)

이 다가왔다.

여기에서 돋보이는 이는 역시나, 태양이었다.

스타버스트 하이킥(Starburst High Kick) - 캐논 폼(Canon Form).

시원하게 뻗어 낸 태양의 발끝.

은하수가 쏟아져 나오는 듯했다.

"와."

경모가 감탄을 참지 못했다.

오랜 시간 단련한 경모 본인이 보기에도 한 점의 흠을 잡을 수 없는 깔끔한 동작.

보기만 해도 숨이 막힐 듯 엄청난 밀도의 내기를 완벽하게 장악한, 완벽한 내공의 수발.

거기에 경모 본인조차 파악할 수 없는 미지의 무언가.

발치에서 일어난 은하수는 우주의 일면을 담아낸 듯하다.

한계까지 증폭해 낸 은하수를 일직선으로 뽑아내는 태양의 기예는 최전선의 무인에게도 감탄사를 불러일으키게 하는 무언가가 있었다.

"예술이네, 예술이야."

석조경이 발을 딛고 서 있는 범선만 한 덩치의 물감 아귀.

태양의 광자포는 그런 물감 아귀를 관통하고서도 한참이나 뻗어 나갔다.

석조경이 관측할 수 있는 수평선의 끝까지.

'더 성장했나.'

석조경이 허리의 검 손잡이를 붙잡았다.

태양은 무인이라면 참을 수 없는 자극이었다.

끼익-.

작게 나는 소음이 까칠하게 고막을 괴롭혔다.

[물감 아귀가 심연으로 되돌아갑니다.]

[물감 아귀를 사살하는 데 기여한 플레이어는 해협 스테이지로 넘어갈 권한을 얻습니다.]

⁂

땅따먹기 스테이지를 성공적으로 클리어하고 난 후, 통합 쉼터의 여관에서 태양이 가슴을 붙잡았다.

현혜가 걱정 담긴 목소리로 물었다.

-또 그래?

"어. 점점 더 심해지는 느낌이야. 그때 이후로."

그때.

유리 막시모프를 도와 활강하는 매를 잡아낸 날.

셀 수 없는 이를 죽이고 나서 '무언가'의 성장을 느꼈던 것처럼, 태양은 활강하는 매를 잡아내는 데 도움을 주고 나서도 그런 일을 겪었다.

활강하는 매의 뻥 뚫린 가슴에서 새어 나온, 정체를 알 수 없는 검은 불꽃을 담은 무언가가 태양의 가슴과 이어졌던 것이다.

형태는 꼭 활강하는 매의 권능인 '절망'을 닮았지만, 그게 절망이라고 확신할 수 있는 사람은 없었다.

차원 미궁에서 가장 오랜 시간을 보냈을 유리 막시모프조차도 모르겠다며 고개를 흔들었다.

업적은 정확히 40개를 받았다.

적다면 적지만, 만족할 만큼의 수준이었다.

땅따먹기 스테이지에서부터는 업적 페이스가 떨어질 수밖에 없었다.

이전까지의 페이스는 애초에 다른 플레이어들이 미리 파 놓은 노하우를 알짜배기로 빼먹을 수 있었기에 나올 수 있었다고 보는 게 옳았다.

물론 거기에 태양의 능력이 더해진 결과라는 건 부정할 수 없겠지만.

털썩.

며칠 만에 누워 보는지 모를 통합 쉼터의 푹신한 침대에서, 태양은 고민했다.

근래, 권능을 소지한 플레이어를 상대할 때마다 겪었던 일에 대해.

"단탈리안이 준 신성. 내가 봤을 땐 이게 뭔가 문제가 있는 것 같거든?"

"문제라니, 섭섭하네요."

태양이 자리에서 벌떡 일어났다.

허리까지 내려오는 녹빛의 장발.

백옥 같은 피부.

홀로그램 같은 상태임으로, 태양은 그가 단탈리안임을 짐작했다.

단탈리안이 '신탁'의 힘을 빌려 태양 앞에 다가온 것이다.

"너는 그…… 프라이버시라는 개념이 없나?"

"알고는 있지요. 하지만 저도 급해서. 이해를 좀 해 주실 수 있을까요?"

단탈리안이 싱긋 웃으며 제 가슴을 손가락으로 톡톡 두들겼다.

"물론 이해해요. 문제라고 느끼실 수 있죠."

태양의 반응을 보지도 않고 바로 본론으로 들어가는 단탈리안.

태양이 일단 숨을 가라앉히고 자리에 앉았다.

표정과 말투에는 여유가 있었지만, 뭔가 급한 상황이라는 것만은 알 수 있었다.

단탈리안은 그가 준 신성. 그리고 개화에 대해 빠르게 설명했다.

"그 개화라는 걸 하면 내가 마왕이 될 수 있다는 거야? 네가 준 신성을 키우면? 나만의 권능이라는 것도 만들 수 있고?"

"마왕. 초월자. 뭐 그렇습니다. 대충 알아들으신 거 같으니 빠르게 본론으로 들어가겠습니다. 이제는 진짜 시간이 별로 없네요."

"뭐?"

단탈리안이 가느다란 검지를 뻗었다.

"첫째, 개화는 최대한 미룰 것. 이왕이면 아포칼립스 페스티벌 스테이지까지."

아포칼립스 페스티벌.

가장 최근에 통합된 49~54층 스테이지다.

"왜?"

"그때가 가장 적절한 시간입니다. 그리고 둘째."

단탈리안이 이번에는 중지를 뻗었다.

"아포칼립스 페스티벌 스테이지까지 최대한 빠르게 클리어할 것. 이제는 시간이 정말로 없습니다."

"그건 또 왜?"

"가 보면 알 겁니다. 그리고 셋째."

단탈리안이 약지를 뻗었다.

"이게 가장 중요합니다. 개화하고 나서의 이야기인데……."

해협 (1)

55층, 영광의 무덤.

거대한 던전을 배경으로 하는, 50층대 스테이지 중에서는 굉장히 좁은 배경의 스테이지다.

[플레이어, 피 튀기는 번개가 전사의 무덤에 진입했습니다.]

쿠웅.

인간 진영이 한창 공략하던 전사의 무덤.

무거운 첫 번째 발걸음과 동시에 수십 개의 빛줄기가 솟아난다.

최소한의 의사소통도 필요 없다.

침입을 인식하는 즉시 경계를 지키던 플레이어들의 전력이 내리꽂혔다.

피 튀기는 번개가 솥뚜껑과 같은 제 오른손을 움켜쥐었다.

꽈릉.

천둥소리와 함께 빛줄기들이 사그라들었다.

빛줄기는 충분히 강력한 공격이었다.

하지만 차원 미궁 역대 최강의 전사인 동시에 사상 최악의 주술사, 피 튀기는 번개에게는 그렇지 못했을 뿐.

남는 것은 보통 오크의 두 배는 될 법한 거대한 체구의 오크를 본 플레이어들의 하얗게 질린 얼굴뿐이다.

"피 튀기는 번개?"

"오크가 여기에 왜……."

"알려야 해. 이건……."

플레이어들의 포기 판단은 피 튀기는 번개의 얼굴을 보는 순간 이루어졌지만, 이미 늦었다.

도망갈 거였으면 시스템 창에 떠오른 텍스트를 보자마자 도망갔어야 했다.

쿵.

다시 한번 피 튀기는 번개의 육중한 다리가 바닥에 꽂히고, 두툼한 발바닥이 전사의 무덤 지반을 강하게 움켜쥐었다.

전사의 무덤에 휘도는 지력이 일순간 피 튀기는 번개의 발바닥, 다리, 골반, 척추를 지났다.

척수를 타고 뇌까지 전해진 에너지는 '주술'로 탈바꿈했다.

시작 직전.

꽈드드드드드득.

피 튀기는 번개 앞에 1개의 점이 생겨났다.

"히익!"

플레이어들이 다급하게 완성한 스킬, 그러모은 마나.

그리고 플레이어들 그 자신까지.

전사의 무덤 입구에 있는 플레이어와 플레이어에게서 비롯된 모든 물건이 한 점으로 모였다.

쿠구구구구궁.

피 튀기는 번개가 손을 뻗자 아무것도 없는 대지에서 망치자루가 솟아났다.

"저런. 본인들이 벌인 일에 비해 너무 경계가 안 되어 있는 건 아닌지."

실시간으로 압착되는 중에도, 그들의 비명은 들리지 않았다.

지르고는 있으나, 피 튀기는 번개가 소환한 극단적인 인력(引力)의 구는 그들이 내는 소리조차 삼켰다.

"터지지는 않을 거야. 시끄러워지면 귀찮아지거든."

말과 동시에 육중한 망치가 채 모두 압착하지도 못한 인력의 구를 내리찍었다.

푸화하하학.

벽면에 시뻘건 선혈이 폭포를 그렸다.

오크, 피 튀기는 번개는 벽면에는 단 1초도 눈길을 주지 않은 채 무덤 안쪽으로 걸어 들어갔다.

제 육중한 덩치만큼이나 커다란 망치를 바닥에 질질 끌며.

망치 머리에 묻은 새빨간 액체가 구불구불한 선을 그렸다.

그때, 피 튀기는 번개의 어깨에 분홍빛 불씨가 피어올랐다.

─잘못 알아들은 거 아니지? 바르바토스는 윤태양을 원했어. 윤태양의 목숨.

"그건 마왕의 입장이지. 내게 필요한 건 복수다."

─이런. 균형은 포기하기로 한 거야?

"포기한 적 없다."

차원 미궁의 시련은 쉽지 않다.

하나의 진영만으로 클리어하기에는 흘릴 피가 너무나 많다.

차원 미궁의 세 진영이 서로를 완전히 멸절시키는 게 아니라 적당히 견제해 가며, 느릿느릿 클리어하고 있는 이유가 여기에 있다.

어느 한쪽을 몰락시켜 버리면 균형은 깨지고, 종래에는 하나의 진영만 남게 된다.

세 진영은 그것이 멍청한 짓이라는 데에 합의점이 있었다.

피 튀기는 번개의 현재 행보도, 활강하는 매가 죽었으니 인간 진영의 세력을 깎아 그만큼의 전력 공백을 무마하려는 의도일 뿐이었다.

─크크크크.

분홍빛 불씨가 웃었다.

"뭐가 웃기지?"

–넌 꼭 이미 3개의 진영이 모두 네 손바닥 위에 있는 것처럼 행동하는군.

피 튀기는 번개는 걸었다.

안쪽으로 들어갈수록 자리를 지키고 있는 플레이어는 강해졌다.

C등급 플레이어.

B등급 플레이어.

A등급 클랜의 소속 플레이어.

그리고 S등급 클랜, 아그리파의 기사까지.

단체로 모여서 피 튀기는 번개에게 대항했으면 또 모른다.

한번 만날 때마다 그대로 격파당하는 꼴을 반복한 끝에, 피 튀기는 번개는 무덤의 중심부에 다다랐다.

후드득.

가볍게 망치를 휘두르자 전면부에 흥건하게 묻어 있던 선혈이 삽시간에 말라비틀어졌다.

"한발 늦었군."

"늦다니, 그쪽에서 열어 줘서 들어온 건데."

3개의 시신이 이미 불타오르고 있었다.

위치스 클랜의 2인자, 마샤.

강철 늑대 용병단의 돌격대장, 어그레시브 플레티넘.

그리고 마리아나 수도회의 팔라딘이자 최고 실권자, 아넬카.

인간 진영 주요 클랜의 핵심 간부들이다.

시신을 무심하게 내려다 본 피 튀기는 번개가 물었다.

"카인은 없었나."

"운이 좋은 모양이야."

활강하는 매와 이 셋.

수지 타산이 맞는가.

곧 피 튀기는 번개는 고개를 끄덕였다.

아쉽지만, 이걸로 끝이다.

더 하면 균형이 너무 심하게 어그러질 수 있었다.

피 튀기는 번개는 생각을 멈추고 앞에 서 있는 엘프를 바라
봤다.

과도하게 에너지를 빨려 피골이 상접한 엘프.

서 있는 것만으로 다리가 후들대지만, 눈만은 살아 있었다.

피 튀기는 번개는 엘프 안에 들어 있는 게 누구인지 알았다.

엘프 진영에서 가장 강력한 네 전력 중 하나.

"불의 정령왕. 안 올 줄 알았는데."

"이야기가 필요할 것 같아서."

"이야기?"

"밑에서 올라오는 '그 녀석' 말이야."

그 녀석.

윤태양을 지칭하는 말이다.

신전의
원코인
클리어

압도적인 성장 페이스와 대충 봐도 흘러넘치는 재능.

이미 마왕들 사이에서 '논란'이 일어날 정도의 플레이어다.

인간 진영의 플레이어들이 지켜야 한다고 인식하는 만큼, 오크와 엘프 진영에서도 견제해야 한다는 사실을 뼈저리게 느끼고 있었다.

실제로 오크 진영에서 견제를 위해 활강하는 매를 보냈다가 낭패도 봤고.

"활강하는 매가 죽은 건 유감이야. 하지만 이번에 확실히 느꼈겠지. 죽여야 해."

불의 정령왕이 빙의된 엘프가 단호한 눈빛으로 피 튀기는 번개를 바라봤다.

그러나 검은 모래 일족의 부족장, 피 튀기는 번개의 의견은 달랐다.

"아니."

이번의 빈집 털기가 성공적인 이유는 뻔하다.

이미 인간들은 윤태양을 지키기 위해 과도한 전력을 집중하고 있는 거다.

지금처럼, 전력이 빠진 틈을 타서 우리 주위에 있는 요직의 인간을 제거하는 게 낫다는 게 피 튀기는 번개의 의견이었다.

"카인, 유리 막시모프와 같은 강자 하나를 쳐 내면 수지가 맞지 않겠나."

"그렇다고 생각하나?"

"윤태양은 확실히 무시할 수 없는 전력이겠지만, 그래 봐야 한 명이다. 놈이 올라오기 전에 다른 쪽에서 인간의 전력을 줄이면 돼. 지금처럼."

화르륵.

엘프의 등에서 새하얀 불길이 일었다.

"해협에서 끊어 놓는 게 나아. 이번에야 빈집털이가 성공했지만, 두 번 당할 것 같나? 놈들을 친다고 허둥대다가 오히려 이쪽이 당하면……."

"이쪽이 당해? 너랑, 내가?"

"궁지에 몰린 쥐는 고양이를 물지. 오늘도 운이 좋았어. 카인과 허공이 모여 있었다면 지금 어떤 그림일 것 같아?"

"그런 가정을 하기엔 확신이 있었지. 그래서 너도 오늘 나온 거고. 그래. 만약 너희가 내려간다면…… 윤태양을 죽인다는 보장은? 확실하다고 생각하나?"

"실패할 거라 생각하나?"

피 튀기는 번개는 고개를 끄덕였다.

실제로 그랬다.

그 역시 제7계위 마왕, 아몬의 대전사로서, 윤태양이 어떤 짓을 했는지 알았다.

마왕 발록과의 대련에서 승리를 따내고, 심지어 마왕의 권능을 흡수해 제 신성의 먹잇감으로 만든다는 사실을 전달받았던 것이다.

"아예 건드리지 않는 게 성장을 늦추는 방법이다."

"동의 안 해."

강렬한 열기가 전사의 무덤을 그을렸다.

하지만 피 튀기는 번개의 이마에는 한 방울의 땀조차 흐르지 않았다.

무덤 반대편에서 '끼익—' 하는 갑옷 움직이는 소리가 들려왔다.

잠깐의 정적.

두 정점은 서로가 타협할 생각이 없다는 사실을 깨달았다.

"무운을 빌지."

퍼억.

피 튀기는 번개의 망치가 비루먹은 엘프를 부쉈다.

정령왕의 영혼이 즉시 '원래 있어야 할 곳'으로 끌려갔다.

피 튀기는 번개의 어깨에서 선홍빛 불꽃이 물었다.

—이렇게 되면 엘프 진영만 좋은 거 아니야? 너는 활강하는 매를 잃고, 인간은 간부들을 잃고. 이건 마음에 안 들어. 미르바스만 웃을 거라고.

"움직이려고 했는데…… 지켜봐야겠군."

엘프 쪽에서 보낸 전력.

활강하는 매가 죽은 만큼 전혀 가볍지 않을 터다.

"오히려 가만히 있는 게…… 옳은 판단일지도 모르겠군."

—이런. 그러고 보니 네가 이렇게 행동해 버리면 내가 바르바토

스에겐 뭐라고 할 말이 없어지겠는데.

"아몬. 난 네놈의 심부름꾼이 아니다. 하고 싶은 일이 있다면 직접 현신해라. 고민하고 있다고 하지 않았나?"

-아니, 아니. 상황이 바뀌었어. 이쪽이 더 재미있어졌거든.

불꽃이 낄낄거리며 웃었다.

끼익-.

웃는 불꽃의 반대편에서 완전히 의식을 찾은 갑옷 덩어리가 걸어 나왔다.

"침……입……자…….."

해협(海峽) 스테이지.

배경 상으로 보면 땅따먹기 스테이지의 C-2 지역, 암흑 해협의 소용돌이에 빨려 들어가고 나서, 그 소용돌이가 뱉어 낸 바다 한가운데라는 설정이라고 했다.

물론 아직 바다로 진입하지 않았기에, 태양 일행은 해협으로 들어갈 수 있는 인간 진영 항구에서 바다를 바라보고 있었다.

-원래 콘셉트는 세상의 모든 보물이 가라앉아 있다. 뭐 이런 느낌?

"여기도 노다지야? 피버텐드 유적처럼?"

-피버텐드 유적은 한 층이 노다지였다가 스테이지화되면서 콘

셉트가 죽었다는 느낌. 해협은 달라.

"뭐, 어떤 식으로?"

-원래는 주워 먹을 게 별로 없었는데. 스테이지 6개가 합쳐지면서 주워 먹을 게 많은 콘셉트가 된 거지.

해협 스테이지의 주 콘텐츠는 인양이라고 볼 수 있었다.

바다에 가라앉아 있는 보물.

유적.

그리고 바다 밑에 도사리는 괴수들.

"피버텐드도 보상이 많았는데 다른 플레이어들이 다 채굴해 간 거잖아. 여기도 별다를 건 없을 것 같은데?"

-그렇지. 그런데 여긴 통합 스테이지 콘셉트가 밀어주거든.

현혜가 더 설명을 덧붙이려는 찰나.

해협 상공에서 커다란 기계 박스가 떨어졌다.

풍덩.

"저게 뭐야."

-50% 확률로 장비 상점.

인양해 내는 데 성공하면 높은 퀄리티의 장비를 구매할 수 있는 권한이 생긴다.

-기억나는지 모르겠는데. 너 15층 처음 들어갔을 때 막 아그리파에서 이거 구해 왔다고, 새로 장비 상점 들어왔다고 그런 말 했었잖아.

"어. 기억 안 나네."

─아무튼.

"50% 확률로 장비 상점이면 나머지 50% 확률로는 뭐야?"

─장비든가, 스킬 카드든가, 아티팩트든가, 괴물이든가, 던전이든가. 몰라, 많다던데?

이번에는 현혜의 목소리에 자신이 없었다.

확신할 수 없었기 때문이다.

태양이 뭐라고 덧붙이려는 찰나.

"천문의 장문인을 뵙습니다!"

"천문의 장문인을 뵙습니다!"

태양의 등 뒤에서 우렁찬 소리가 퍼져 나왔다.

"오빠! 들었어? 허공이 온 모양이야!"

"어우, 씨. 깜짝이야."

"날 잡으러 온 건 아니겠지? 거짓말이었다고?"

갑작스럽게 끼어든 별림.

태양이 인상을 찌푸렸다.

"너는 진짜…… 그렇게 그냥 여관에서 쉬고 있으면 되잖아. 그걸 굳이 억지로 따라와 가지고 귀찮은 일을 만들어야겠냐? 몇 번을 말해."

"이미 왔는데, 뭐. 어떡할 건데?"

별림이 입술을 뚱, 내밀었다.

태양이 저도 모르게 머리를 감싸 쥐었다.

별림의 실력은 솔직히 생각보다 나았다.

생각 이상이었다.

거기에 별림의 스타일이 태양 일행에게 전술적으로 알맞기도 했다.

일행 중에 아무도 없었던 탱커.

1선에서 든든한 역할을 맡아 주는 존재.

이러나저러나 란과 살로몬은 마법사 유형의 캐릭터다.

메시아 역시 마법사와 근접 딜러 사이의 그 무언가지만, 확실한 건 딜러 포지션이다.

태양이 회피 탱커 역할을 맡을 수는 있지만, 태양이 가장 빛나는 포지션도 역시 스트라이커, 메인 딜러이고.

전위를 지켜 줄 수 있는 플레이어의 존재는 언제나 든든했다.

덕분에 란과 살로몬은 별림의 합류를 내심 반기는 모양새이기도 했다.

그래서.

이론적으로 논파할 수도 없어서 태양은 더 화가 났다.

"너는 진짜…… 단탈리안이 급하게 올라가라고 하지만 않았어도 너랑 담판을 짓는 건데. 하."

"응. 못 지었죠? 나도 따라와 버렸죠?"

"뒈진다. 야, 지금 이거 목숨이 걸린 일이라고 몇 번을 얘기하냐? 상황 파악이 안 돼? 어?"

"알지. 알아서 따라오겠다고 한 거잖아. 왜 오빠만 목숨을 걸고 난린데?"

태양이 별림과 으르렁거리는 와중, 노인의 목소리가 비집고 들어왔다.

"허허. 인사라도 하려고 왔는데, 그럴 상황이 아닌가?"

백발. 장포.

허리까지 기른 수염.

꼿꼿한 허리와 몸 전체에 서린 기품.

천문의 장문.

허공이었다.

해협 (2)

해협 스테이지 역시, 땅따먹기 스테이지와 마찬가지로 클리어 조건은 일정한 주기를 두고 나타났다.

주기가 되면 해협 어딘가에 '억겁의 소용돌이'라는 이름의 묵빛 소용돌이가 생겨나는데, 그곳에 몸을 던져서 다음 차원으로 이동하면 됐다.

문제는 다음 차원으로 이동하려면 최소 다섯 번 이상의 인양을 성공하고, 인양한 물건을 몸에 두르고 있어야 했다.

그러지 않고 그냥 소용돌이에 몸을 내던지면 자살이다.

처음에는 5개라는 기준도 정해져 있지 않아서 대참사가 많이 일어났다는데, 이런 점은 또 후발 주자의 장점이 될 수 있겠다.

"그러고 보니 이건 저번 스테이지랑 비슷하네."

땅따먹기 스테이지에서도 물감 아귀를 죽이고 그 과정에서 나타난 소용돌이에 빨려 들어가는 콘셉트이었다.

–몰라. 마왕도 아이디어가 떨어졌나 보지.

해협 스테이지, 인간 진영 항구.

태양은 천문 소속의 플레이어들이 만들어 놓은 거대한 구조물 안에 들어섰다.

이런저런 생각을 하며 현혜와 만담을 중얼거리고 있는데, 옆에서 별림이 걱정스러운 얼굴로 물어 왔다.

"오빠, 이거 너무 갑작스러운 거 아니야?"

"말 시키지 말아 봐."

대련장.

천문 소속의 플레이어들이 대거 들어앉아서 눈을 빛내고 있다.

얼핏 눈짓으로 입구를 확인하니 살로몬과 란, 메시아가 안으로 들어서고 있었다.

천문 쪽에서 알려 줬을 리는 없고, 방송을 통해 메시아에게 전달받은 상황이 분명했다.

보통이라면 대련장에 입장도 시켜 주지 않았을 것이지만, 태양과 같은 클랜이라는 명분으로 들어온 듯 했다.

우득, 우득.

가볍게 휘돌리는 어깨에서 가볍지 않은 뼈 소리가 새어 나왔다.

팔을 앞뒤로, 허리에 이어 다리까지 근육을 가볍게 찢어 놓았다.

한계까지 늘어난 관절과 근육이 가볍게 비명을 지르고, 인위적으로 맞이한 신체의 극한 상황에 몸에서 후끈 열기가 올랐다.

준비 운동을 하며, 태양이 직전 허공과의 대화를 떠올렸다.

─운룡에게 들었네. 정의행을 배웠다지.

─아, 뭐. 그렇게 됐습니다.

솔직히 허공이 나타나서 대뜸 그렇게 말했을 땐 찔끔했다.

운룡이 정의행 무공서를 던져 줬을 때는 분명 아무에게도 말하지 말아 달라고 부탁했었기 때문이다.

하지만 곧 어깨를 폈다.

운룡도 이 정도쯤 되면 걸릴 거라는 사실을 알지 않았을까?

싸우다 보면 저도 모르게 사용할 수밖에 없다.

그리고 애초에 전투할 때 사용하지 않을 거면 뭐 하러 배운단 말인가?

땅따먹기처럼 온갖 플레이어들이 모인 장소에서 사용했으니 허공의 귀에 내가 무공을 사용했다는 사실이 들어가는 건 당연히 시간문제였다.

그렇기에 태양은 먼저 손을 들어 선언했다.

"제가 뭐…… 개인적으로 고마운 감정은 있지만, 그쪽에 물질적으로 뭔가 막 주고, 대신 일해 주고 이럴 정도는 아닙니다."

다행히도 허공 역시 그걸 바라는 건 아니었던 모양이었다.

"그건 아니고. 우리도 딱 도의적인 정도만 바라는 걸세."

"도의적이요?"

"배웠으니 베풀어 줬으면 하는 거지. 그게 천문의, 창천의 문화거든."

허공은 무공의 교류를 이야기했다.

"무공은 정형화되어 있지만, 사용하는 사람에 따라서 달라지지."

"아."

"누군가는 도가의 무공에 숨쉬기도 어려운 살기를 담아내고, 누군가는 저잣거리 깡패의 수법에 자연의 이치를 담아내네."

"흠."

태양은 허공의 이야기에 공감했다.

당장 태양의 무공도 변형이 되어서 스킬화될 때 윤태양식 어레인지라는 추가 텍스트가 삽입되었으니까.

"자네와 같은 인재는 정의행에 어떤 것을 담아내었을 것인가. 그것이 궁금하다는 이야기야."

"제가 뭘 담아내었는가가 도움이 될까요?"

"물론일세. 무공의 발전은 그런 식으로 이루어지는 법이야. 천재가 나타나 기틀을 잡고, 유지되고 그 기틀을 배운 또 다른 천재가 발전시키고, 보존하고, 그다음은……."

"어. 듣던 중에 죄송한데, '제 방식대로 사용하는 방식을 알려 달라' 그건 불가능한 이야기예요."

하기 싫은 게 아니다.

못 하는 거다.

1969년 데뷔해 약 20년간 NBA를 지배한 역대 최강의 센터.

카림 압둘 자바.

통산 득점 38,000점이 넘어가는데, 이는 마이클 조던조차 넘지 못한 NBA 통산 1위의 기록이다.

그가 통산 1위 득점을 할 수 있었던 이유는 많았지만, 굳이 한 가지 꼽으라면 직접 개발한 '슛' 덕분이었다.

엄청난 덩치에 운동 신경을 가진 카림 압둘 자바는 대학 시절 하도 극단적으로 리그를 지배하는 바람에 리그 측에서 '퍼디난드 루이스 엘신더(카림 압둘 자바의 개명 전 이름)의 덩크를 금지한다'는 조항을 규칙으로 만들 정도였는데, 그 덕분에 카림 압둘 자바는 '스카이 훅 슛'이라는 기술을 만든다.

'스카이 훅 슛'은 정확히 파고 들어가 보면 기존의 훅 슛과 별로 다를 것이 없었다.

카림 압둘 자바의 엄청난 신체와 기존 훅 슛과 아주 약간 다른 팔의 폼이 차별점일 정도.

그리고 그 기술은 그가 서른여덟 살이라는 고령의 나이로 치른 시즌도 평균 득점 20점, 야투율 50% 후반이라는 괴랄한 기록을 남길 수 있도록 해 줬다.

하지만, 이 스카이 훅 숏은 가르칠 수 있는 성질의 것이 아니었다.

카림 압둘 자바는 은퇴 이후 여러 NBA 선수들에게 자신의 시그니처 숏을 가르쳤는데 실전에서 제대로 사용하는 선수는 없었다.

그나마 변형하여 사용하는 선수가 하나 있을 정도.

이유는 간단했다.

재능의 차이.

훅 숏을 실전에서 주무기로 사용할 정도로 손끝 감각이 살아 있는 빅맨이 없었기 때문이다.

이건 말이나 교육으로 설명할 수 없는 영역에 있었다.

태양의 마나 운용 역시 말 그대로 감각이었다.

윤태양식 어레인지의 형 변형은 가르쳐 줄 수 있지만, 그 과정에서 태양이 본능적으로 변형한 운용은 가르쳐 줄 수가 없었다.

그런 설명에, 허공은 웃으며 한마디를 보탰다.

"실전. 그리고 천문의 문하생들이 당신이 천문에게서 무공을 배웠단 사실을 아는 것만으로 충분하네."

그게 대련장으로 오게 된 계기다.

솔직히 마음에 들지는 않았다.

-네가 무슨 천문 소속 플레이어라도 될 것처럼 이야기하네.

"그러니까."

물론, 이건 기분의 문제일 뿐이었다.

태양은 거절하지 않았다.

거절할 수 없었다.

허공이 대련의 대가로 또 다른 조건을 걸었기 때문이다.

천문이 해협 스테이지에 구축한 시스템.

인양은 하루 이틀에 걸쳐서 할 수 있는 작업이 아니다.

인양 작업을 할 수 있는 배를 준비해야 하고, 망망대해를 떠돌아다니며 해저에 깔려 있을 보물의 위치를 파악해야 했다.

그뿐만 아니라 해저에서 플레이어들을 습격할 괴물들을 상대할 준비도 해야 했다.

쉬운 일이 아니었다.

위치에 따라, 날씨에 따라.

또는 해류의 흐름에 따라 상대할 괴물들이 달라졌기 때문이다.

"소규모로 하자면…… 어떻게든 할 수 있을지도 모르지만, 이미 준비된 밥상에 숟가락만 얹게 해 준다는데 거절할 이유가 없지."

최소 인양 세 번 참여.

태양이 원한다면 해협 스테이지에 머무르는 한 그 이상도 가능.

세 번에 한해서는 보상 선택권 무조건 1순위.

네 번째부터는 천문 내부에서 산정한 기여도에 따라서.

명백히 태양에게 유리한 조건이었다.

너무 유리해서 의도를 의심해야 할 지경.

하지만 태양은 더 의심하려 했지만, 현혜는 일단 받는 게 옳다는 입장이었다.

─사전 관계가 확실하잖아. 천문…… 창천 차원의 문화도 걸려 있고, 애초에 천문은 계속 우리 쪽에 줄을 대고 싶어 하는 입장을 꾸준히 견지하고 있으니까.

별림이 거짓말로 지원군을 얻어 냈다지만, 그 과정에서 천문이 태양을 품기 위해 향련각을 지원했다는 사실 자체는 변하지 않는다.

거기에 운룡에게 자체적인 페널티를 가하는 것 같지도 않았고, 심지어 별림에게도 그런 액션을 취하지 않았다.

─빚을 지어 주고 싶다는 거야. 천문 정도의 클랜에서. 나쁠 것 없지.

"솔직히 그렇긴 해."

태양은 자신이 있었다.

빚을 갚을 능력도 있다.

그리고 조금 상도덕이 없는 생각이긴 하지만, 그 갚는 타이밍 역시 스스로 결정할 수 있는 입장이라고 생각했다.

"준다는데 받아야지, 그럼."

펄럭, 펄럭.

대련장 중앙에서 두 남성 플레이어 붉은 깃발을 흔들어 댔다.

대련은 천문 측 플레이어 중 대련을 신청한 사람들을 연달아 꺾는 방식이었다.

등급이 낮은 사람들부터, 높은 사람들까지.

낮은 사람을 이기면 조금 높은 사람이 올라오고, 그다음은 조금 더 높은 사람.

만약 체력이 떨어진 태양이 패배하기라도 한다면 대련은 그 시점에 종료된다.

태양이 도전하는 모양새고, 또 어떻게든 천문이 이기는 그림을 만들고 싶어 한다는 의도가 보였다.

이 역시 마음에 들지는 않았지만, 천문 측에서 내준 후한 조건을 생각하면 감수할 만 한 것 같았다.

"그리고, 내가 다 이기면 어쩔 건데?"

─이길 수 있을지도.

태양이 히죽 웃었다.

"도전자, 윤태양!"

태양이 모습을 드러내는 동시에, 참관하던 수십 명의 천문 플레이어가 기합을 내질렀다.

'깜짝이야.'

워낙 큰 성량에 귓구멍이 간지러워진 태양은 잠시 팔지 말지 고민했다가 필사적인 인내심으로 참았다.

가장 높은 자리에서 허공이 참관하고, 반대편에는 창천의 소속이 분명한 플레이어 한 명이 서 있었다.

아마 해협 스테이지에 막 올라온, 태양과 같은 진행도의 플레이어인 듯했는데 얼굴에 긴장이 가득했다.

쿠웅.

문이 열리고, 태양이 중얼거렸다.

"자, 드가자!"

뻐어억.

또 한 명의 천문 문하생이 의식을 잃은 채 땅바닥에 널브러졌다.

일곱 합.

열 번째 대련자가 태양 앞에서 무너지는 데 걸린 시간이었다.

꼿꼿하게 허리를 편 노인이 물었다.

"몇 명이나 남았지?"

노인, 허공의 물음에 대답한 건 천안부장, 악도군이었다.

"아직 한참 남았습니다."

"한참이라."

불만족스러운 음성.

악도군은 허공의 기분이 짐작이 갔다.

윤태양이 아무리 대단하다지만, 천문이다.

S등급 클랜이자, 창천 차원의 대표 문파.

창천 차원에서 흘러나온 무인을 거르고 걸러서 입단시킨 문파가 바로 천문이다.

창천 시절에 배운 무공.

그리고 천문 안에 들어와 배운 무공.

구분 없이 제대로 대거리조차 해보지 못하고 깨져 나가는 지금 상황이 허공의 눈에 찰 리가 없었다.

"다른 클랜의 접근을 허용했으면 아주 우스운 꼴이 될 뻔했구나."

"예상하지 못한 것도 아니시면서……."

"우리 아이들이 이길 수 있다고 보느냐?"

허공의 질문에 악도군이 입을 닫았다.

콰앙.

참으로 절묘하게도, 입을 닫은 바로 그 순간 태양의 하이킥에 또 한 명의 문하생이 의식을 잃었다.

저런 건 의미 없는 체력 빼기다.

해협 스테이지에 올 정도면 분명 날고 기는 이들이지만, 이 안에서도 그 수준은 명백하게 갈린다.

거기에 태양의 대련에 참가한 플레이어는 해협에 막 진입한 플레이어들뿐 아니라, 클리어하고서도 머무는 이들도 있다.

태양이 진지하게 상대해야 할 상대는 그들이었다.

잠시간 가늠하던 악도군은 결국 원론적인 대답만을 내놓았다.

"모르죠."

"몰라?"

"예. 수준 있는 녀석과 붙어 봐야 측정이 되지 않겠습니까. 다만 지난 클랜전을 생각하면…… 만약 우리 아이들이 이긴다고 해도 아슬아슬한 수준이 아닐까 합니다."

"준비된 녀석들 정도면. 저 친구가 변형한 정의행을 빼 낼 수 있을까?"

천안부.

영입을 담당한 부서.

동시에 무공을 개발하는 부서이기도 하다.

천안부의 장을 맡은 악도군은 오성이 뛰어나 실제로 천문이 계승하고 있는 여러 무공의 조문(照門: 약점)을 찾아내어 보완하여 없애기도 했다.

동작의 흐름상 알면서도 고칠 수 없기에 비밀로 입을 꾹 닫고 알리지 않는 것이 조문이다.

조문을 찾아낸 것도 놀라운 일이지만, 그 조문을 보완하여 없앴다는 게 악도군의 엄청난 오성을 짐작케 할 수 있는 일이었다.

"몇 가지 조건이 필요합니다."

"말해 봐."

"일단 지금부터는 대련에 무조건 정의행으로만 임하라고 해

신컨의
원코어
클리어

야 합니다."

"그리고?"

"운룡 선배가 출전할 것. 저 친구 하는 걸 보아하니, 지더라도 안 보여 주려는 것 같습니다. 이건 우리 쪽에서 더 강하게 말을 해 놓았어야 하는 부분이니 어쩔 수 없지요."

운룡 정도의 실력자라면 제 실력을 뽑아낼 수밖에 없으리라.

허공이 손을 들어 수행원을 불렀다.

퍼어억.

그사이에 한 명의 문하생이 더 떨어져 나갔다.

이번에는 정의행을 사용했다.

1식, 통천이다.

어레인지가 아닌 본연의 통천이었지만, 태양의 무공 수준을 간접적으로 측량하기에는 어려움이 없었다.

악도군이 중얼거렸다.

"그나저나, 천재는 천재군요."

∽∾∾

오랜만에 정말로 킹 오브 피스트를 하는 기분이었다.

특히 기술이 제한되었다는 점에서 정말 그랬다.

'캐릭터는…… 운룡이라고 보면 될까.'

킹 오브 피스트를 하는데, 신 캐릭터 업데이트가 되어서 그

캐릭터를 사전에 즐기는 그런 기분.

운룡의 무공, 정의행을 사용하여 천문의 플레이어들을 때려패고 있자니 그런 기분이 들었다.

버겁다는 생각은 하지 않았다.

몸은 지치고 끓어오르는 마나도 꽤 식었지만, 오히려 그래서 따라오는 집중력이 있었다.

쿵.

연송출하(變松出荷).

가지부터 그어 내려오는 한 그루의 아름다운 소나무.

세월에 따라, 상황에 따라 때로는 90도 이상을 굽어 버리는 소나무의 재기발랄함과 특유의 굳센 정기가 하나의 검격에 담겨 내려왔다.

무인들끼리만 하는, 무공의 교류라는 것은 생각보다 재미있었다.

천뢰굉보(天牢轟步): 윤태양식(式) 어레인지.

굳센 동시에 사나운 검격.

태양은 당장이라도 마주 쳐 올릴 줄 알았던 검격을 오히려 피해 버린다.

예상치 못한 내뺌에 상대하는 무인의 얼굴이 달아오른다.

움직임 속에 담긴 역사와 고민의 흔적.

그걸 펼치는 무인의 성향과 단련(鍛鍊)의 흔적.

긴 과정에서 파생된 고리타분함과 전장에서 깨달은 파격이

신진의
원코인
클리어

몇 번이고 부딪히며 혁신을 만들어 냈다.

재미있었다.

그동안 태양은 무공을 권투의 기술과 다를 게 없다고 생각했다.

동시에 킹 오브 피스트의 동작과 다를 바가 없다고 생각했다.

현대 격투기.

킹 오브 피스트의 기술이 된 동작들.

현대의 수많은 전문가가 몇 십 년 간의 데이터를 긁어모으고, 그중에서 가장 효율적인 자세와 검증된 방법을 통해 개발, 발전시킨 무술이다.

태양이 이의를 제기할 건덕지는 없다.

태양은 그 동작을 완벽하게 숙지하고 원리를 이해하며, 제 신체에 완벽하게 최적화하는 방법만을 고민하면 됐다.

쿠웅.

태양이 물러난 만큼, 이름 모를 무인이 다가왔다.

다가오며 감정적으로 찍어 낸 진각은 화산과 같은 폭발력이 있다.

'저 진각이 초월 진각보다 효율적일까.'

동작의 효율에서 보면 아니다.

격해진 감정만큼이나 넓게 짚어 버린 보폭은 짚는 것만으로 적지 않은 에너지를 흘린다.

넓어진 보폭만큼 움직여야 할 허리.

그에 맞춰 움직여야 할 상체의 밸런스 역시 붙잡는 데 에너지가 들어간다.

하지만 이건 태양의 시점이다.

어떤 마나 회로를 이용해 얼마만큼의 마나를 수급했는가.

또 저 무인이 쌓아 온 마나는, 저들의 언어로 내기는 어떤 성질을 지니고 있는가.

태양이 다이내믹하게 허리를 꺾고, 폭발적인 진각에서 뿜어져 나온 거친 검격이 태양의 이마를 아슬아슬하게 베었다.

지구에서는 정보의 수집이 너무나도 쉬웠다.

전문가는 많았고, 정보의 공유는 더욱 쉬웠다.

당사자가 허락하지 않아도 선수를 촬영해 간 전문가들은 왜 이 선수만 압도적인 성적을 낼 수 있는지 분석했으며, 따라 하지 못하더라도 원인을 찾아내기는 했다.

하지만 무공은 그렇지 않았다.

명맥은 무지막지하게 길게 내려왔지만, 공유된 정보의 폭은 좁기 그지없다.

현대 격투기는 전 세계 방방곡곡을 돌아다니며 가장 효율적인 동작을 덧붙이고 기워서 만들어진 종목이지만, 무공은 아니었다.

태양은 무공을 현대 스포츠와 같다고 봐 왔다.

틀렸다.

신컨의
원코인
클리어

무공은 동작인 동시에, 마나를 움직이는 기법을 포함한다.

동시에 그 마나의 성질을 만들어 내는 방법 역시 무공마다 다르다.

다르게 이야기하자면, 무공은 격투기보다 훨씬 많은 신경을 써야 하는 종목인 동시에, 분석은 현대 격투기만도 못하게 되어 있었다.

"문제는 발전하지 못했는데도, 이 정도라는 거지."

그동안 태양은 킹 오브 피스트의 기술과 운룡에게서 배운 정의행이라는 무공을, 동작이라고 생각하고 사용해 왔다.

하나의 완제품으로써, 태양의 몸에 길들이는 정도의 작업만 거친 채 사용해 왔다.

틀렸다.

현대에서 효율의 끝판을 찍었다는 킹 오브 피스트의 기술.

마나를 덧붙여 사용해야 하는 차원 미궁에 와서는 개량해야 할 점이 더 많은 미완성의 기술이다.

무공?

말할 것도 없다.

"발전의 여지가 말도 안 되게 많았다는 거지."

하지만 태양은 거기에 신경을 쓰지 못했다.

무공의 발전.

동작의 연구.

눈에 보이는 게 아니다.

심지어 태양이 사용해 왔던 기술들은 실전성도 충분히 있었다.

군더더기 있는 움직임을 하면서도 이게 군더더기인지 알아보지 못했다.

허공이 주선한 대련 자리는, 태양에게 새로운 관점을 제시했다.

문제점을 발견하면, 남는 건 발전이다.

그리고 그 순간, 태양의 앞에 운룡이 나타났다.

"마지막?"

"아마도."

"아쉽네."

"허."

운룡이 작게 헛웃음을 내비치며 주변을 둘러 봤다.

태양에 의해 쓰러진 수십 명의 문하생들.

수준은 다양하다.

운룡 역시 한 팔로 가볍게 제압할 정도의 플레이어부터, 진지하게 대련을 임하지 않으면 상대까지.

'나라면 혼자서 이들을 모두 제압할 수 있었을까.'

모를 일이다.

하지 않았으니까.

확실한 건 쉽지 않을 거라는 것.

이마에 땀이 가득 찬 태양 역시 그렇게 보였다.

"솔직히 궁금했지. 내가 알려 줬다고…… 하기는 조금 그렇지만 말이야."

"아니. 고마워하고 있어. 당신한테 배운 거 맞으니까."

운룡이 픽 웃었다.

기껏해야 서책이나 던져 준 게 전부다.

그런데 이렇게 감사 인사를 듣자니 솔직하게 부끄러운 기분이었다.

"그럼 보자고. 얼마나 잘 익혔는지."

파지직.

천제지공(天帝之工).

운룡의 몸에서 번개가 튀고, 동시에 태양의 드래곤 하트가 마나를 퍼올렸다.

천뢰굉보(天牢轟步).

천뢰굉보(天牢轟步).

파지지지직.

다리에서부터 짜릿하게 올라오는 충격.

휘돌린 마나가 회로를 타고 넘어온다.

선공은 운룡이었다.

운룡은 창, 태양은 주먹.

간격의 차이에서 주도권이 정해지는 법이다.

정의행(正義行) 1식 – 통천(通天).

운룡의 내기가 공간을 통째로 밀어붙인다.

완벽한 숙련도로 펼쳐진 통천은 태양이 움직일 수 있는 경우의 수를 모두 차단할 정도로 넓은 범위를 커버하는 동시에 빈틈없이 틀어막았다.

"흠."

침음이 절로 나온다.

신룡화, 스톰브링어, 위대한 기계장치.

업적 개수와 강화 기술을 사용할 수 있었다면 마주 통천을 써 스펙으로 찍어 누를 수 있었겠지만, 동일한 피지컬에서 상대가 아는 패만으로 이 벽을 뚫어 내자니 숨이 턱 막히는 기분이었다.

정의행(正義行) 1식 - 통천(通天).

터엉.

마주 뻗어 보았지만, 상쇄에 그쳤다.

어느새 운룡은 창의 간격에 들어서 태양을 압박하고 있었다.

'자, 보여 봐라.'

통천, 관심, 지폭.

공간을 점유하고, 공간을 창출하며, 공간을 뛰어넘어 타격하는 3개의 초식.

차원 미궁 안에 있는 존재라면, 마왕이라도 운룡 자신보다 이 세 초식의 이해도 측면에서 뛰어날 수 없다.

태양 역시 그랬다.

터엉.

통천은 상쇄.

관심은 간격의 차이에서 이점으로 미리 피해 버리고, 변초를 섞어야 의미가 있는 지폭은 애초에 당해 주질 않는다.

터엉.

천뢰굉보를 이용해 따라붙으려는 수작을 다시 통천으로 공간을 통째로 밀어 버려 저지한다.

"크흠."

태양의 가벼운 침음.

운룡은 호흡 고를 시간을 줬다는 사실을 반성하며 다시 창을 내뻗었다.

투웅.

호흡조차 허락을 받아야 할 정도로 철저하게 들어가는 압박.

운룡은 내심 안심했다.

현재 자신의 전투력이 윤태양보다 뒤쳐졌다는 사실은 알고 있었다.

다른 버프 스킬을 죄다 틀어막고, 수십의 플레이어를 상대하고 지친 상태여야 피지컬적 스펙이 맞춰질 정도로 태양과 운룡 간의 성장 격차는 심했다.

하지만 무공에 한해서라면 달라야 했다.

다행히도, 달랐다.

태양의 수는 운룡의 예상을 벗어나지 못했고, 운룡의 수는 성공적으로 태양을 압박했다.

아직 결정타를 넣지 못했다고는 하지만, 기량의 차이는 이미 확실해졌다.

심리전 따윈 없었다.

서로가 서로의 수를 알고 있다.

단지 무공의 숙련도에서 차이가 날 뿐.

그 점이 운룡의 마음을 달랬다.

운룡은 태양에게 따라잡혔지만, 따라잡히지 않았다.

'다음 수도 뻔해.'

4식, 천굉.

불리해져 버린 구도를 깨기 위해서 커다란 힘을 폭발시키겠지.

운룡의 선택지는 두 가지였다.

이 구도를 포기하고 다시 처음부터 압박할 것인가.

아니면 정면으로 발악을 찍어 누르고 끝을 낼 것인가.

이 결투를 안전하게 풀어 나가는 대신 조금 더 오래 끌고 갈 것인가, 약간 위험하더라도 빨리 끝을 낼 것인가.

천뢰굉보(天牢轟步).

파지직.

태양을 아는 킹 오브 피스트의 선수들이었다면, 절대로 하지 않았을 선택.

운룡의 선택은 전자였다.

콰르르르르르르릉!

신컨의
원코인
클리어

하늘이 무너지는 듯한 굉음이 대련장 전반을 휩쓸고, 잠시 몸을 피한 운룡은 펄쩍 뛰어 다시금 압박을 이어 나가려 했다.

그 순간.

천뢰굉보(天牢轟步): 윤태양식(式) 어레인지.

파지직.

두 개의 시퍼런 안광이 흙먼지를 뚫고 나타났다.

동시에 기형적일 정도로 몸을 비틀어 꺾은 태양이 주먹을 내질렀다.

정의행(正義行) 1식 - 통천(通天) : 윤태양식(式) 어레인지.

정의행(正義行) 1식 - 통천(通天).

투웅.

"······!"

운룡이 밀렸다.

'왜?'

의문은 해소할 수 없었다.

이번에는 운룡이 태양의 간격 안에서 농락당할 차례였다.

⁂

정의행(正義行) 2식 - 관심(貫心) : 윤태양식(式) 어레인지.

정의행(正義行) 2식 - 관심(貫心).

꾸웅.

간신히 간격을 벌린 운룡이 부지불식간에 뻗어 낸 창.

태양은 피하지 않고 마주 주먹을 꽂았다.

콰드드득.

운룡의 창자루에 실금이 간다.

당장의 결과는 반반이지만, 운룡만 분명하게 피해를 봤다.

운룡이 태양의 수를 모조리 읽었듯, 태양 역시 운룡의 수를 모조리 읽었다.

다만 태양은 더 섬세하게 읽었다.

운룡은 태양의 카드까지만 봤다면, 태양은 운룡이 그 카드를 언제 어디에 사용할 지까지 읽은 거다.

그리고 그 카드에 맞춰서 아주 조금씩만, 힘을 더 줬다.

똑같은 통천이지만, 범위를 좁히고.

똑같은 관심이지만, 한 템포 빠르다.

범위를 좁혀 위력이 강해진 태양의 통천은 운룡의 것을 약간씩 밀어낸다.

한 템포 빠르게 쏘아진 태양의 관심은 운룡의 것이 최상의 위력을 내기 전에 미리 찌른다.

상대를 읽어 내는 동시에, 실시간으로 무공을 개량한다.

현재 태양이 하는 짓이었다.

"천재라."

허공이 수염을 쓰다듬었다.

무공의 이해는 두 가지로 나뉜다.

무공 그 자체를 뜯어 공부하며 머리로 익히는 이해.

그리고 실전을 통해 몸에 직접 체득하는 이해.

태양이 제 식으로 바꿔 사용하는 정의행.

그리고 운룡이 사용하는 정의행.

말도 안 되는 일이지만, 윤태양의 정의행이 운룡에 비해 떨어지지 않는다.

아니, 어느 부분에서는 태양이 더 낫다.

폐관 수련을 하며 무공에 대해 끊임없이 연구했어도 나오기 어려운 수준의 이해도.

그리고 유연함.

운룡을 아는 허공의 입장에서는 정말 말도 안 되는 일이다.

무공의 완성도에 미쳐서 힘도, 명예도, 권력도 모조리 포기하고 폐관에서 수련하던 남자가 바로 운룡이다.

그런 운룡이 '정의행'이라는 무공으로, 그리고 무인으로써의 기량으로.

태양에게 패배했다.

아직 대련의 승패는 도출되지 않았지만, 허공이 보기에는 이미 끝난 대련이었다.

"도군아."

"예. 아직은…… 베껴 와도 의미가 없겠습니다. 한참은 더 익혀야 하는 단계입니다."

"나는 용납을 못 하겠다."

"예?"

"패배를 용납을 못 하겠어."

수염을 쓰다듬은 허공.

"네가 가라."

악도군의 눈썹이 들렸다.

"과합니다. 보기에도 좋지 않습니다."

"두 번 말하지 않는다."

"이미 문하생의 사기는 떨어졌습니다. 소 잡는 칼로 닭 잡아서 감탄을 받아 봤자 제 살 깎아먹기입니다. 차라리 깔끔하게 인정하고……."

"대신, 전력을 다하라 일러라."

전력을 다하라.

무공을 사용하는 제한을 풀고, 권능의 사용 제한도 풀고.

"그렇게 해서라도 지면 인정해야겠지."

"거듭 말씀드리지만 이렇게 이기면 이겨도 저희 체면이……."

"지는 것보다는 낫다."

"지는 게 나을 수도 있습니다."

"도군아."

허공의 목소리에 내기가 들끓었다.

악도군이 입을 다물었다.

형형한 눈빛이 악도군의 폐부를 찌르는 듯했다.

"패배하지 않는 것이 제일 상책이며 지향해야 할 경지다. 하지만 진인사대천명이라 하니, 어찌 모든 것이 원하는 대로만 되겠느냐."

"……."

"질 수 있다. 하지만 질 때 최선을 다하지 않으면 안 된다."

"하아."

"가라."

쿠웅.

강하게 밝은 정의행식(式) 진각 다음으로, 태양의 주먹이 내리꽂혔다.

정의행(正義行) 4식 – 천굉(天轟): 윤태양식(式) 어레인지.

호흡을 빼앗긴 운룡이 할 수 있는 건 고작해야 창을 들어서 막아 내는 것뿐이었다.

카드드득.

막아 내는 건 성공했지만, 그렇지 않아도 실금이 가 있던 창대가 기어코 부러지고 말았다.

운룡이 입을 열었다.

"졌다."

더 하자면 할 수 있겠지만, 어차피 대련.

창이 부러진 순간 운룡의 경지가 태양보다 낮다는 사실이 검증됐는데 더 이어 갈 필요가 없다.

'목숨이 걸린 것도 아니고.'

운룡은 애써 가볍게 생각했지만, 주변 분위기는 그렇지 않았다.

대련장은 적막이 내리깔렸다.

그것도 창천 차원 출신의 무림인들의 성지이자 홈그라운드에서 무공만을 활용한 대련.

심지어 무림인 중에서도 가장 강한 이들만이 모였다는 천문의 대련장이다.

차원 미궁이 아닌 창천이었다면, 더 깊은 무학의 성취가 있는 기인이사가 있다고 자위할 수 있었을 것이다.

하지만 이곳은 차원 미궁이었고, 변명의 여지는 없었다.

무공이 다른 차원의 플레이에게 정복당하는 치욕의 순간.

목구멍 바깥으로 목소리를 낼 사람이 있을 리가 없었다.

그때, 악도군이 내려왔다.

"……다음은 나일세."

"하, 이러다가 장문인까지 나오겠는데?"

"아니, 그럴 일은 없을 걸세. 내 약속하지."

이제까지와는 달리, 응원의 말도, 박수도 없었다.

악도군.

태양과 비교하기에는 둘 사이에 너무 큰 간극이 있다.

오히려 악도군이 나서면서 '표면상의 패배'를 막기 위해 나섰을 뿐, 그들의 자존심을 꺾였다는 사실이 명백해져 버렸다.

그렇게 시작된 윤태양과 악도군의 대련.

악도군은 태양을 바라보며 생각에 잠겼다.

왜 그렇게 오랫동안 뒷방 늙은이 행세를 해 오며 스테이지 근처에는 얼씬도 하지 않았던 허공이 움직이기 시작했는가.

윤태양을 바닥까지 긁으라고 명령하는가.

허공은 따로 이야기하지 않았지만, 신입 문하생 영입 관련해서 허공을 자주 만나며 그를 보좌할 일이 잦았던 악도군 입장에서는 유추하기 어렵지 않았다.

인간은 죽어서 이름을 남기고 호랑이는 죽어서 가죽을 남긴다.

그리고 무인이 남기는 것은 무공이다.

'제자.'

들어맞는다.

'그 사건' 이후 일선에서 물러난 허공이 드디어 제자를 둘 결심을 한 거다.

그렇다면 태양의 바닥까지 긁어 보라고 명령한 이유도 명확해진다.

허공은 윤태양을 더 알고 싶은 거다.

재능의 뿌리가 어디까지 뻗어 있는지 알아야 가르칠 때 수월할 테니까.

'무신록(武神錄)을 전수할 생각인가.'

악도군은 눈을 감았다.

무신록(武神錄).

천문의 문하생이라면. 아니, 창천 출신의 플레이어라면 누구나 탐내는 고급의 무리(武理)다.

천문의 중진으로서는 솔직히 서운한 결단이다.

그런 무리를 천문 출신도, 창천 출신도 아닌 플레이어에게 전수할 생각이라니.

하지만 무인으로서는 이해가 됐다.

선대. 그리고 그 선대의 선대들이 일평생을 갈고 닦아 온 무술을 자신이 이어받아 또 일평생을 닦았다.

출신 성분을 떠나서 무공을 가장 빛내 줄 적임자를 찾았는데 마음이 가지 않는다면 그게 더 이상한 일이리라.

'내가 할 일은 이기는 것이 아니군.'

태양이 발휘할 수 있는 모든 것을 끌어 올리는 역할.

그것이 허공이 악도군을 내보낸 이유였다.

"들어오게."

"예. 뭐."

[머신 PUNMFV-3000 활성화]

[마나를 소모하여 근력, 맷집, 민첩 중 하나의 시너지를 선택해 시너지의 등급을 한 단계 높입니다.]

[맷집의 시너지가 '6'으로 조정됩니다.]

[스톰브링어(Storm Bringer): 폭풍 소환(暴風 召喚)]

[폭풍의 정령 군주 아라실이 플레이어 윤태양의 신체에 임합니다.]

[신룡화(神龍化)]

[플레이어 윤태양의 눈이 마왕 발록의 능력치를 얻습니다.]

태양은 위대한 기계장치를 제외한 모든 버프를 둘렀다.

그 모습에 현혜가 자그마한 태클을 걸었다.

─전력을 다할 필요가 있어?

"다하지 않을 필요도 없지 않아?"

─음. 그래도 굳이 네 패를 다 깔 필요는……

"까는 만큼 배워 오면 돼."

솔직히 허공의 무리한 부탁에 불쾌했던 건 사실이다.

하지만 대련 상대가 악도군이라면 이야기가 달라진다.

최전선에서도 먹힐 수준의 강자와의 대련.

목숨을 걸지 않고서 태양이 본인의 모든 걸 던져 가며 스스로를 관조할 기회다.

"그리고 톡 까놓고 말해서 지금 내가 인간 진영에도 전력을 감출 만큼 여유 있는 건 아니잖아."

당장 직전에 상대한 적이 오크 진영의 2인자, 활강하는 매였다.

이는 앞으로도 최전선에서 날고 기는 플레이어들이 태양을 습격할 가능성이 크다는 이야기였다.

그렇지 않아도 바닥난 마나를 짜 내느라 드래곤 하트가 비명을 질렀다.

태양은 상관하지 않고 발을 굴렀다.

투웅.

태양은 순식간에 악도군의 턱 밑까지 치달았다.

직전의 대련과는 확연히 다른 속도.

악도군의 굳센 주먹이 태양의 진로를 가로막았다.

태산(泰山).

담겨 있는 마나와 기세가 스킬 이름에 걸맞게 무겁다.

잘 단련된 마나회로를 타고 힘차게 흐르는 악도군의 내기는 대하와 같았다.

강화하기 전의 태양이었다면 육체의 성능 차 때문에 알고도 맞아야 했겠지.

하지만 지금은 다르다.

오히려 일정 부분의 성능은 태양이 위일 정도로 강화됐다.

꾸웅.

초월 진각을 밟는 동시에 내기를 움직였다.

정의행(正義行) 1식 - 통천(通天).

어떻게 해야 더 나아질 수 있을까 하는 고민은 잠시 내려놓았다. 복잡한 고민 대신 눈앞에 닥친 '악도군'이라는 이름의 문제를 풀었다.

'이쪽이 마음이 더 편하긴 하네.'

골방에 틀어박혀 연구하는 게 아니라, 실전에서 몸으로 배우는 것.

오히려 이쪽이 이제까지 태양이 성장해 온 방식이었다.

용왕의 눈이 악도군의 동작을 예측했다.

격투의 원점.

안 맞고 때린다.

상대방의 동작을 예측하고 그에 맞춰 움직이면, 그게 가능해진다.

우드득.

급격하게 꺾인 허리에서 뼈 소리가 튀어나왔다.

운동과 거리가 먼 일반인이었다면 곡소리도 같이 튀어나왔겠지만, 태양은 아니다.

곧이어 머리 위로 주먹이 지나가고, 용수철과 같이 튀어오르는 태양.

그리고 주먹.

뻐엉-.

머리는 혹시라도 피할까, 몸의 중심인 상반신을 노렸다.

"크흠."

악도군의 표정은 변함이 없었다.

눈동자는 한 치의 떨림 없이 태양을 바라보고 있고, 굳센 주먹은 후속타를 준비했다.

보통이었다면 오히려 공격자가 당황했을 모멘텀이었다.

이렇게까지 제대로 클린 히트를 먹였는데 침음 하나로 버틴다?

역으로 압도당하는 포인트다.

'노련하네.'

하지만 작금의 태양은 발락의 시야를 통해 악도군을 꿰뚫고 있었다.

악도군이 전투 사이에 섞은 노련한 잔연기는 실패로 돌아갔다는 이야기다.

태양의 주먹 한 방에 꼬여 버린 악도군의 마나 회로.

그리고 잔뜩 뭉친 마나.

심각한 수준은 아니다.

하지만 무시할 수준도 아니다.

저 뭉친 마나를 그대로 놓아두면 내상이고, 전투를 속행하면 주화입마다.

"따끔하죠?"

가벼운 도발과 함께 두 번째 일격을 준비하려는 순간, 악도군의 단전에서 마나가 용솟음쳐 올라왔다.

콰드드득.

악도군의 오른발이 그대로 태양의 상박을 두드렸다.

가드를 올리지 못했다면 턱을 맞았을 일격.

막았음에도 아릿하다.

동시에 태양이 반격하고, 이번에는 악도군이 막아 냈다.

신인
원코인
클리어

세 번.

열 번.

스무 번.

서로의 팔과 다리가 삽시간에 교차했다.

수 교환이 길어질수록 태양의 눈이 깊어졌다.

마나가 부족해졌기 때문이다.

솔직히 포기해도 된다.

운룡이 그랬던 것처럼 항복하면 끝이다.

이건 그래 봐야 대련이니까.

하나 오기가 생겼다.

'한 대만 더.'

꿈틀.

극도로 각성한 집중력.

태양의 의지가 내부에 똬리를 튼 무언가를 깨웠다.

상대방을 관조하던 용안이 잠시간 태양 스스로에게 머물렀다. 익숙하지 않은 어떤 에너지가 태양의 신체를 잠식했다.

심장과 뇌, 주요 장기.

혈관, 근육, 피부의 세포 조직까지.

후우우우.

태양의 입에서 증기가 뿜어져 나왔다.

용안으로 본 강화된 육체는…… 태양이 뭐라 평가할 수 없지만, 한 가지는 알 수 있었다.

예술적이다.

강화.

아니다.

강화보다 진화라고 표현해야 옳다.

'이게 신성.'

태양의 정신에 신성이 일순간 감응한 것이다.

동시에 본능적으로 깨달았다.

이 상태.

길게는 유지 못 한다.

쿠웅.

과도하게 힘을 준 진각에 대련장 절반을 긋는 금이 생겨났다.

척 보기에도 심상치 않음을 느낀 문하생들의 어깨가 굳었다.

그 순간.

"그만."

태양이 고개를 들었다.

허공이 태양을 내려다보며 말을 이었다.

"이쯤 하면 되었다. 대련은 무승부로 하지."

⊰⊱

악도군이 아쉬운 표정으로 땀을 닦는 태양을 바라봤다.

수세에 몰렸을 때의 반응.

공세의 기회를 잡았을 때 풀어 가는 방식.

예상치 못한 상황에서의 임기응변.

원하는 상황을 유도하는 과정에서 확인하는 전술적 지능.

확인하는 과정에서 악도군은 확실하게 느꼈다.

전투를 통해 태양은 성장하고 있었다.

수세에 몰아넣은 악도군의 수를 배우고.

공세를 어렵지 않게 풀어내는 악도군의 방어법을 베껴 낸다.

적이 예상하지 못한 곳에서 비수를 쏘아 내는 방법을 습득하고. 제 전술적 재능을 읽은 악도군의 계산을 역으로 계산해 덤벼들었다.

"천재군."

"아, 뭐."

"한두 번 듣는 소리가 아닌가 보지?"

"크흠. 그렇죠. 아무래도."

악도군이 피식 웃었다.

그럴 만도 하다.

"정의행의 장점과 단점을 명확하게 파악했나."

"명확하게는 아니고. 음…… 그냥 아는 거죠. 그동안은 이런 쪽에 신경을 별로 안 썼는데, 쓰고 보니까 건드릴 게 좀 많더라고요."

"실시간으로 고치고 있다는 뜻인가?"

긍정을 확신하며 물어봤다.

실제로 태양이 전투 과정에서 정의행을 이리저리 변형하는 광경을 여러 번 목격했기 때문이다.

그리고 악도군의 예상은 틀리지 않았다.

"하하. 뭐, 임기응변인데. 큰 틀을 뜯어내는 것도 아니고."

악도군 고개를 저었다.

실시간으로 무공을 뜯어고치면서 하는 말이, 임기응변이다.

무인으로서는 헛웃음이 나올 정도로 어이없는 말.

하지만 오히려 좋다.

무공의 발전이란 그런 부분에서 온다.

악도군이 땀에 흠뻑 젖은 태양을 바라봤다.

두 눈에는 승부욕과 재기가 가득하다.

무공의 자질.

손을 댄 시간은 5분 남짓이지만 알아보기에는 충분했다.

'부럽군.'

태양이 부러운 게 아니다.

오히려 태양을 제자로 점찍은 허공이 부러웠다.

저 정도의 재능이 무공을 계승한다면 적어도 내 다음 대는 걱정하지 않아도 되는 거니까.

꿎꿎

지도자이자 하이엘프, 소린의 영도 아래 수십의 엘프가 경건하게 몸을 단장하고, 거대한 모닥불 주변에 둘러앉았다.

엘프 특유의 종교적이고 동시에 무감정한 분위기 사이에서 소린이 일어났다.

하이엘프는 나체로 불 안으로 들어갔다.

아프기로는 통증 중에서도 한 손가락 안에 꼽히는 작열통(灼熱痛)을 스스로 맞이하러 들어가는 소린을 말리는 엘프는 없었다.

하이엘프의 육신은 제물로 바치기에 가장 적합한 매개 중 하나였다.

원소에 가장 가까운 형질인 데다가, 태어나기를 수만 개의 인격을 가지고 태어나는 종족.

정신 밑바닥에 깔린 인격 하나와 몸을 제물로 바치고 재생하면 그만이기 때문이다.

타닥, 타닥.

소린의 몸은 불타오르고, 다시 재생되고, 또 불타올랐다.

그를 바라보는 수십 엘프는 그저 그를 바라볼 뿐이었다.

누군가 그 장면을 바라봤다면 사실 불이 뜨겁지 않은 줄 알고 손을 넣어 봤을지도 모른다.

유일한 고통의 증거는 소린의 이마에 솟아올라 있는 굵은 힘줄뿐이었다.

100개의 인격이 타오르고, 육신이 재생됐다.

그 결과는 불의 정령왕의 소환이었다.

수십의 엘프가 동시에 땅바닥에 머리를 찧었다.

─1천 명.

이글거리는 불길 사이로 중후한 음성이 흘러내렸다.

소린이 땅바닥에 찧은 고개를 들었다.

"1천 명 말씀이십니까?"

반문에 듣고 있던 엘프들이 따라 고개를 들어 올려 정령왕에게 시선을 보냈다.

정령왕의 말은 문맥상 1천 명을 희생한다는 의미다.

1천 명이 목숨을 잃는 건 상관없었다.

다만 정령의 의도를 모르기 때문에 질문한 것이었다.

─차원을 여는 데 그 정도의 희생이 필요할 것 같더군. 아니, 한참 부족하려나? 모르겠군. 소린, 인격은 몇 개나 남았지?

"3천가량 남았습니다."

─후대 하이엘프는?

"그녀는 아직 주 인격이 형성되지 않았습니다."

─아직도?

화륵.

불길이 소린의 육신을 잡아먹을 듯이 몸집을 부풀렸다.

소린은 오히려 팔을 집어넣으며 말을 이었다.

"예. 강한 에고가 여럿으로 보입니다. 블랑카, 아쉰, 예거. 제가 하이엘프임을 알아보고 조언을 구하는 인격만 벌써 셋이더군요."

강한 인격이 최소 셋.

좋은 현상은 아니었다.

인격은 시간이 갈수록 제 정체성을 본능적으로 정립하려 든다.

주 인격이 빨리 정립되지 않으면 엘프의 정신 안에서 거대한 싸움판이 일어나 서로 잡아먹으리라.

-네 전대 하이엘프가 인격 2개 가지고 절반을 날렸었지.

"저도 걱정입니다. 하지만 도와줄 방법이 없지 않습니까."

-아니, 있어.

화륵.

소린의 왼팔을 모조리 잡아먹은 불의 정령왕이 물었다.

-다음 대 하이엘프는 준비됐나?

"잉태는 했습니다."

-소린. 네놈이 좀 오래 살 필요가 있을 것 같다.

소린이 불을 직시했다.

일렁이는 무늬가 소린의 동공에 문양처럼 새겨졌다.

"왕의 뜻대로."

화륵.

-엘프 1천은 필요 없다. 다음 대 하이엘프 하나로 충분하다.

불의 정령왕이 웃었다.

그는 일부라도 나오고 싶다고 했다.

-본체도 꺼낼 수 있을지도 모르겠어.

이거라면 윤태양의 죽음은 확정이다.

얻는 것에 비해 코스트가 너무 큰 감도 있지만, 윤태양의 가능성은 차라리 큰 코스트를 지불하는 게 마음이 편할 정도였다.

-오크 쪽을 면밀히 관찰하라고 일러두어야겠군.

철썩, 철썩.

바닷물이 범선의 항모를 부드럽게 쓸었다.

"이렇게 느긋한 게 얼마 만인지 모르겠다."

-그러게나 말이야.

"너는 뭐 하냐?"

-나?

"응."

-나는 지금 김밥 먹고 있어.

현혜와 이렇게 이야기하는 것도 얼마만인지, 태양은 잘 기억이 나지 않았다.

"김밥?"

-응. 먹고 싶냐?

"참나."

태양이 피식 웃었다.

"그러네."

−김밥 먹고 싶다고?

"생각해 보니까, 이것도 다 먹고살려고 하는 일인데 말이야."

태양이 기지개를 켰다.

초인의 경지에 다다른 육체도 기지개를 켜니 시원하다는 느낌이 들었다.

"차원 미궁에 들어온 것도 그렇고. 뭐, 다 그렇잖아."

−그렇지.

살랑이는 바닷바람.

해수 특유의 짠맛이 감도는 바닷바람은 현실과 다르지 않았다.

어이없게도 스테이지 안에서 잠깐 기다리는 이 짧은 휴식이 태양이 캡슐에 접속하고 나서 처음으로 맞이하는 '진짜 휴식' 같다고, 태양은 생각했다.

"나도 참 나다. 다른 사람들 다 뺑이 치러 들어가니까 좀 쉬는 것 같고 그러네."

다른 사람들.

천문의 플레이어들은 닻을 내려놓고 인양 작업에 들어갔다.

그리고 태양의 일행 역시.

천문은 태양에게 무조건적인 보상을 약속했지만, 태양 일행에게까지 약속한 건 아니었다.

그래서 굳이 내려갈 필요가 없는 태양을 남기고 일행만 들어갔다.

허공이 다가왔다.

홀로 남아 바닷바람을 맞는 태양을 발견한 모양이었다.

"자네는 안 가나? 동료들과 같이 있는 게 좋을 텐데."

"아뇨. 할 게 있어서."

"업적보다 중요한 게 있나?"

"아. 뭐."

사실 태양도 내려갈까 고민했다.

당연한 이야기지만, 휴식보다는 뭐라도 활동을 하는 게 업적 측면에서 유리하기 때문이다.

하지만 태양은 고민 끝에 내려가지 않기로 했다.

휴식 때문은 아니었다.

업적 1~2개도 좋지만, 동작에 관해서 스스로 정립해 볼 생각이 들었기 때문이다.

솔직히 무공의 동작을 정립하고, 이론을 바로 세우고…… 이런 일을 제대로 해낼 수 있을지 확신은 없었다.

태양은 그냥 게임 플레이어였을 뿐이다.

격투기 동작이니, 무공이니.

제대로 연구해 본 적이 있을 턱이 없다.

초월진각과 같은 경우에도 한 치의 오차도 없을 정도로 따라 하기는 했지만, 그 동작이 어떤 의미가 있는지 100% 알지는 못했다.

몸에 익은 부분은 있지만, 이론적으로는 거의 모르는 분야나

다름없다는 이야기다.

'하지만 그렇다고 그냥 두고 넘어가자니 아쉽단 말이지.'

마나 회로에 따른 동작이 불편한 지점 몇몇이 명확하게 느껴졌다.

이러니저러니 해도 정의행은 본래 창으로 사용하는 무공이다.

태양이 느끼는 불편함은 당연했고, 한계 역시 명확했다.

그동안은 '어레인지 버전'이라는 소극적인 방법으로 최대한 마나 회로의 길을 따라가려고 했다.

몰랐으니까.

하지만 작금의 태양은 정의행을 통해 무공과 마나 회로의 상관관계를 이해했다.

또한 기존의 마나 회로에 집착할 필요가 없다는 사실을 깨달았다.

정리하자면, 태양은 이 문제를 본능적으로 고칠 깜냥이 되었다는 사실을 깨달았고, 고치기 위해 쉬는 시간을 가졌다.

그리고 이건 딱히 허공에게 보고할 의무는 없는 내용이다.

솔직히 말해 주는 거야 어렵지 않았지만, 허공이 했던 일이 있다 보니 친하게 말을 붙이고 싶지 않았다.

"저는 할 일이 있어서. 근데 그쪽은 안 바쁘십니까?"

"거, 말을……."

이마에 핏줄이 솟은 수행원 하나가 태양을 제지하려 했지만,

허공이 손을 들어서 막았다.

태양이 그 모습을 보며 피식 웃었다.

뭐, 어쩔 거야.

너네 대장이 괜찮다는데.

"나야 뭐. 이제는 뒷방 늙은이 신세지."

"아직 정정하신 거 같은데."

"보기에만 그렇다네. 아니, 보기에도 그렇지는 않지 않나?"

마주 웃는 허공의 얼굴에는 주름이 자글자글했다.

워낙 고풍스럽게 늙은 분위기라 딱히 흉하지는 않았지만, 허공이라는 인간이 얼마나 긴 세월을 견뎌왔는지는 확연하게 보이긴 했다.

다만 눈만큼은 형형해서, 허공이라는 인간이 가진 에너지가 물씬 느껴졌다.

"쩝. 주름이라니…… 그건 또 그러네요."

아니, 그런데 차원 미궁에서 나이가 의미가 있던가?

잠시 생각하던 태양이 이내 고개를 저었다.

나이를 떠나서, 허공은 무수히 많은 전장을 누비며 사선을 오갔을 터다.

그 과정에서 초인이라도 무시할 수 없는 마일리지를 쌓은 거겠지.

"젊은 시간은 헛되이 낭비하기 아깝네. 늙어 보고 나서 하는 소리야."

"전 그렇게 생각 안 해요. 젊음은 아까운 줄 모르고 낭비해야 제대로 쓰는 거 아니겠어요?"

"제대로 쓴다라."

태양이 작게 웃었다.

"그렇잖아요. 젊었을 때 쫓기듯이 이리저리 움직이느라 추억도 못 쌓고 늙어 버리면 얼마나 비참하겠어요. 늙어서 아, 너무 일만 했다……. 이런 후회라도 해 봐요. 끔찍할 것 같은데."

"허허."

"일장일단이 있는 거죠. 그걸 선택하는 건 제 몫인 거고."

"하긴, 늙어 보지 않은 자네 입장에서는 내 말이 설득력이 없겠군."

허공은 웃으며 수염을 쓸고, 수행원은 여전히 못마땅하다는 듯 태양을 쏘아봤다.

그냥 네, 네, 고개를 조아리며 웃어넘길 수도 있었다.

그게 편하기도 하고.

하지만 왠지 워낙 허공의 행보가 마음에 들지 않았던 탓에 한마디도 지기 싫어졌다.

그렇게 허공이 다시 들어가고, 태양은 범선 공터에서 정의행의 초식을 한번 훑었다.

1식, 통천부터 6식, 육합까지.

전반부 3개의 식은 워낙 자주 사용한 탓에 형이 잘 잡혔지만, 천꿩부터는 달랐다.

특히 5식인 오행은 상대방의 공격을 흘리는 게 주요 목적인 기술이라 동작을 잡기가 쉽지 않았다.

"그러고 보니 6식까지 전부 마스터하면 7식이 나온다고 했는데."

-깨달을 거라고 했지. 오의라고.

"생각해 보니까 운룡은 나한테 그 오의를 안 썼네? 까먹고 있었는데."

-그러게.

당장 물어보고 싶었지만, 운룡 역시 인양 작업에 들어간 터라 불가능했다.

3식까지 다듬고, 4식을 조금 시도하던 태양은 결국 포기했다.

"그나저나 여기는 유물 같은 거 없어?"

-더 안 하고?

"몰라. 감이 안 잡혀. 차라리 스파링이라도 하면 모르겠는데, 혼자 서서 휘적거리고 있으려니까 더 모르겠네."

-흠. 뭐. 내가 이래라저래라 할 건 아니지.

"그래서, 유물은 없냐니까? 나이트 홀스 같은 거."

-어. 여긴 없어. 정확히는 있었는데, 파괴됐다고 들었어.

"파괴?"

태양이 눈을 치떴다.

-응. 나도 상황 앞뒤 관계를 막 정확하게 아는 건 아닌데…… 카인의 역작이라던데?

"카인이 벌인 일이라고?"

당시의 카인 역시 후발 주자였다.

땅따먹기 스테이지와 해협 스테이지는 태양처럼 통합 스테이지로 겪었다는 뜻이다.

카인은 해협의 유물, 깊은 바다에 박혀 있는 성검을 점유했다고 했다.

자세히는 모르지만, 역시 땅따먹기 스테이지 때처럼 여러 까다로운 시련을 거쳤겠지.

성검(聖劍)이라는 콘셉트가 문제였을까.

아니면 카인의 과하게 특출난 능력이 문제였을까.

카인은 성검을 든 채로 '마왕'과 접촉해 버렸다.

ㅡ자세히는 모르겠는데, 음······ 지금 우리가 듣고 겪은 상황으로 유추해 보면 후원 관련해서 접촉을 했던 모양이야.

"그런데 카인은 그 마왕에게 검을 휘둘렀고?"

ㅡ어. 그렇게 됐대.

"미친놈이네."

당연히 궁금한 점은 많았다.

카인은 왜 마왕에게 덤볐는가.

마왕은 왜 카인을 죽이는 대신 성검만 부러뜨렸는가.

부러뜨린 성검은 왜 복구하지 않는가. 혹은, 못하는 건가?

"당연히 너도 모르지?"

ㅡ응.

궁금하기는 하다.

뭐, 언젠가 카인을 만나면 물어보기로 하고…….

"김밥은 다 먹었고?"

―진작에.

"아씨, 말 나오니까 나도 먹고 싶네."

―만들어 달라고 하든가. 쉼터에 한국 출신 플레이어 없나?

"여기서 만든다고 맛이 같냐?"

―똑같이 만드는 사람들도 있었는데. 모르겠네.

첫 번째 인양 작업은 순조롭게 이루어졌다.

심지어 대어를 낚은 모양이었다.

"태양! 이것 좀 봐! 불가사리야!"

물속에서 나온 란.

풍술을 이용해 공기 방울을 두른 채로 잠수하더니.

정말로 끝까지 물 한 방울도 젖지 않은 모습이었다.

메시아, 살로몬. 별림이.

또 같이 작업에 들어간 천문의 다른 플레이어들까지.

인양 작업은 순조롭게 이루어져서 그런지, 얼굴에 그늘이 있는 플레이어는 보이지 않았다.

약속대로, 인양 작업에서 구한 전리품은 태양에게 가장 우선순위가 돌아갔다.

"무조건 이거야."

"뭔데 이게?"

별림이가 내민 것은 그림이 그려져 있는 타이즈였다.

그림은…… 기하학적인 문양.

뭘 그렸는지 알아보기가 힘들었는데, 추상화보다는 그림 기법이 제대로 발달하지 않은 세대에 그려진 무언가처럼 보였다.

"갑옷이야, 갑옷."

"갑옷?"

"응. 마법 갑옷. 이거 비슷한 거 제수스가 쓰는 거 봤었는데, 효율 장난 아닐걸?"

어지간히 좋은 물건이었는지, 별림은 얼굴이 빨개진 채 물건에 관해 토로했다.

"이거 봐."

별림이 타이즈 밑에 손을 집어넣자 타이즈의 그림이 사라지고 별림의 손가락에 먹물을 묻힌 것처럼 되었다.

일정 시간이 지나자 타이즈의 그림이 돌아오고 별림의 손에도 그림이 사라졌다.

"오빠가 이걸 입으면 그림이 아예 오빠 몸에 옮겨 갈 거야."

"그리고?"

"뭐가 그리고야. 갑옷이라니까."

타이즈에 마나를 불어넣자 풀플레이트 메일로 변했다.

─장착하면 별님이랑 커플룩이네.

─좋다.

-근데 문신충 돼야 되는 게 좀 걸리긴 함.

-요즘 문신은 패션이지.

-라고 하기엔 문양이…

-성능 좋으니까 쓰는 거지. 뭔 패션 타령하고 앉았냐. 목숨
왔다 갔다 하는 자리에서.

다른 더 좋은 보상도 없는 것 같아서 별림의 선택을 믿기로
했다.

경도도 생각보다 괜찮아서 불시에 가드를 열어 놓고 한 대
맞아 주는 용도로 쓰기에는 괜찮을 것 같았다.

마나 효율이 낮기는 하지만 마나를 집어넣으면 복구 기능도
있다는 모양이라 파손에 관한 문제도 어느 정도는 면역이 되는
모양이었다.

그렇게 두 번째 인양도 흘러가고.

슬슬 좀이 쑤시기 시작했다.

"찌뿌둥하다."

-세 번째 인양에는 내려가든가.

"그럴까?"

-주변에서 도와줄 때 한 번이라도 더 내려가 보는 것도 나쁘지
않은 경험일 수 있어. 나야 뭐 메시아 영상으로 보면서 생각해 보
고 있긴 한데. 다음에도 우리끼리 인양하려면 네가 경험해 보는
건 의미 있지 않겠어? 어차피 다음 스테이지로 넘어가려면 시간도

신전의
원코인
클리어

좀 남았고.

　그때 허공이 다시 찾아왔다.

　"자네, 안 내려가나?"

　"또예요?"

　"걱정되어서 하는 이야기야. 업적을 하나라도 더 모아야 최전선에서 몸이 편해진다."

　또 왔다.

　내가 걱정된다는 핑계로 인양을 하러 내려가라고 잔소리를 해 대는 허공.

　은근슬쩍 말까지 놨다.

　업적.

　모아야지.

　모아야 되는데…….

　태양이 고개를 꺾었다.

　'내가 내려가는 걸 그쪽이 왜 그렇게 신경을 쓰실까.'

⁂

　"바르바토스. 또 누가 움직였다고?"

　"벨레드."

　"벨레드? 인간을 그렇게도 경멸하더니, 결국 인간 앞에 모습을 드러내기로 했나?"

"밟아 죽이겠다는 모양이던데."

바알이 팔을 괸 채 기분 좋게 히죽거리자 한쪽 눈에서 귀화가 타오르는 양복을 입은 해골이 마주 웃었다.

앙상한 뼈 손가락이 우아한 손놀림으로 중절모를 고쳐 썼다.

"이해는 가. 단탈리안의 신성. 탐이 나는 물건이지."

신성이다.

거기에 더해 단탈리안의 것이다.

탐이 나지 않을 수 없다.

화르륵.

현재, 과거, 미래를 보는 귀화가 타올랐다.

"이제야 뭔가 좀 제대로 돌아가는 느낌이야. 그렇지 않은가 바알? 아암, 탐이 나면 가져야지."

"바싸고, 너는 탐나지 않아?"

"자네는 날 잘 알잖나. 어떨 것 같아?"

바알의 눈이 반짝였다.

"이런 반응이면 움직이긴 한다는 건데."

"그래. 직접은 아니고…… 원하는 쪽이 따로 있거든."

도서관 '전지(全知)'의 관리자.

제3계위 마왕, 바싸고.

"개인적으로 단탈리안에게 다른 유감은 없는데 그렇게 됐어. 그에게 사과의 말이라도 전해야 하나?"

"아니, 그럴 필요 없지. 본인이 자초한 거잖아?"

킥킥킥.

바알이 웃음을 참지 못했다.

"이야, 고작 인간 하나에 몇 명이나 달려드는 거야?"

뼈라도 남겠어, 이거?

⁂

"태양, 잠깐 나 좀 보지."

악도군은 천문의 다른 플레이어들 몰래 태양에게 접근했다.

"그러니까, 지금 허공 저 양반이 나를 제자로 낙점했다?"

이어진 말에 태양이 제 입을 쩍 벌리며 놀랐다.

"……그래. 저번의 그 무리한 대련 제안 역시, 자네의 기량을 측정해 보고 싶으셨던 모양이야."

"저기요. 내 의사는요?"

"……그건 이제부터 이야기해 볼 문제겠지. 내가 아니라 장문인께서 말일세."

태양이 허공에게 보이는 거부 반응은 당연히 밖에서도 관찰하기 쉬웠다.

허공의 상태를 아는 악도군에게는 보기 힘든 장면이었던 모양이었다.

물론 악도군이 전한 이야기는 태양의 입장에선 정말 청천벽력이었다.

"아니, 이건 해도 해도 너무 갑작스러운 거 아니야?"

악도군은 태양에게 설명했다.

창천 차원의 무인들에게 대대로 내려온 무공의 유지를 잇는 전통.

무인에게 그 전통이 얼마나 중요한지.

그리고.

"주화입마?"

"그래."

"어쩌다가? 아, 강한 상대를 만났겠죠?"

"그래. 피 튀기는 번개와 결전을 벌이셨다."

"아."

"오크 진영을 호령하는 위대한 전사지."

피 튀기는 번개.

태양도 아는 이름이었다.

오크 중 유일하게 활강하는 매보다 위에 있는 존재.

오크의 일인자.

"전투 당시에는 동수였다. 하나 장문인께선 당시 전투 때문에 쇠한 진원진기(眞元眞氣)를 끝내 회복하지 못하고 주화입마에 빠지셨으니…… 졌다고 봐야겠지."

"활동을 안 하시는 게 아니라 못하시는 거였구나."

"그래. 물론 대외적으로는 안 하시는 거다."

악도군의 강조에 태양이 고개를 끄덕였다.

굳이 남의 얘기를 나불거리고 다닐 생각은 없었다.

"너에게도 나쁜 제안은 아닐 거다. 우리 천문이 출신 성분을 따져 편을 가르는 경향이 없다고는 할 수 없지만, 장문의 직전 제자라면 이야기가 다르겠지."

"그전에 전 딱히 그런 거 신경 안 써요."

"그래. 그렇다면 신경 쓸 부분이 하나 줄어드니 더욱 좋겠군."

악도군이 우묵한 눈동자로 태양을 바라봤다.

"무신록(武神錄). 너는 모르겠지만 엄청난 가치가 깃든 무공이다."

신공절학.

무신록이라는 무공을 표현하기에 가장 적합한 단어다.

에덴 출신의 플레이어들과는 다르게 창천 출신의 플레이어들은 자신의 기술을 나누는 데 굉장히 배타적인 성향을 가지고 있다.

창천의 무림인들은 문파(門派)라는 갈래로 무리 짓고, 그 안에서만 기술적인 교류를 이루어 나간다.

그렇기에 창천 차원의 거주민들은 무공을 배우기 위해 문파에 가입했다.

물론 문파에 가입하지 않고도 무공을 배울 수 있는 몇 가지 예외 사항이 있다.

그중 하나가 바로 일인전승이었다.

일인전승(一人傳承), 유수일인(唯授一人).

무슨 단어로 표현하든 뜻은 같다.

문파를 세우지 않고, 개인이 개인에게 무공을 전하는 거다.

허공이 계승한 무신록 역시 일인전승의 무공이었다.

일인전승.

얼핏 보면 대단하고 특별해 보이지만, 현실은 차갑다.

일반적으로 일인전승이라는 계승 방식을 선택하는 이유는 무공 자체가 별로 대단하지 않아서 배우고 싶은 사람이 적어서였다.

혹은 무공을 배우는 조건이 터무니없이 까다롭거나, 무공 특성상 여러 명에게 전수하기 어렵거나.

간단하게 생각해 봐도 계승자가 어떤 변수에 의해 허무하게 죽기라도 한다면 해당 무공은 아무리 대단해도 역사의 뒤안길로 사라져야 한다.

인간이 역사를 기록하기 시작한 이래 단 한 차례도 전쟁과 분란이 끊인 적이 없는 창천의 세계에서 일인전승은 극도로 불안정한 전수 방식일 뿐이었다.

"하지만 무신록은 달랐어."

일인으로 전승하는 이유는 밝혀지지 않았다.

다만 무신록의 역대 계승자들은 한 명도 빠짐없이 이름을 날렸다.

아주 오랜 시간 동안.

"한 번이라도 삐끗했다면 그대로 전승이 끊겼을 텐데, 그런 일이 단 한 번도 없었다는 이야기네요?"

"그래. 전승이 끊길 우려가 있었던 적도 없었지."

무신록의 전승자는 언제나 강했다.

한 번은 우연으로 치부될 수 있다.

하지만 그 숫자가 세 번, 다섯 번, 열 번이 넘어간다면.

백 년, 천 년이 넘는 긴 시간 동안 같은 자리를 유지한다면.

그것은 더 이상 우연이 아니다.

"그런 무공을 배울 기회라는 거다. 거절하겠다는 거냐?"

태양은 대답하지 않았다.

무신록의 전수.

솔직히 솔깃하긴 했다.

다만, 자리에서 바로 판단하기에는 태양이 신경 써야 할 것들이 너무 많았다.

당장 일행을 설득하는 것부터 되도록 스테이지 진행을 빨리해 줬으면 좋겠다는 부탁까지.

태양이 악도군의 강요 섞인 제안에 대답하는 대신 화제를 돌리려는 찰나, 허공이 다가왔다.

"자네. 아직도 인양 작업에 참여하지 않은 겐가?"

허공의 등장에 악도군이 자세를 바로 하고, 태양이 모른 척 인양 작업에 들어간 범선을 보며 놀란 시늉을 했다.

"오, 시작한다."

우웅―.

주변 마나가 공명하기 시작하더니 인양선이 물을 밀어내기 시작했다.

푸화화화화화화화확!

"캬."

−언제 봐도 장관이네.

가진 종교에 따라 신성모독적으로 보일 수 있는 표현이지만…… 성경에 적혀 있다는 모세의 기적이 바로 여기에 있었다.

바다 위에 둥둥 떠 있던 인양선은 돛대를 중심으로 축구장만큼 반경의 물을 밀어내 버렸다.

수십, 수백 미터 바다가 단번에 밑바닥까지 갈려 버리는 광경은 말 그대로 절경이었다.

"아티팩튼가?"

−그렇겠지, 뭐.

비밀을 유추하는 건 어렵지 않았다.

해협 스테이지에서 구할 수 있는 각종 장비를 이용했겠지.

특히 일정 주기로 등장하는 유령 해적선을 통해서 수집이 가능했다.

절대로 가라앉지 않는 나무.

바람이 없어도 배를 밀어내는 돛.

끝없이 늘어나는 쇠사슬 닻 등.

천문 역시 특수 능력을 가진 재료를 통해 이런 기적을 만들어 낸 것이리라.

태양이 악도군에게 물었다.

"그나저나 이거 마나 유동이 장난이 아닌데, 다른 진영에서 기습할 위험이 있지 않아요?"

"위험?"

"네. 마나 유동 이거 크기가 장난이 아닌데, 한참 멀리에서도 느껴질 것 같아서."

"위험하지 않다."

악도군이 피식 웃었다.

"여긴 우리 천문의 영역이다. 엘프 진영도, 오크 진영도 안다."

태양이 고개를 갸웃거리자 악도군이 말을 덧붙였다.

"넌 아직 땅따먹기 스테이지밖에 경험해 보지 못했지."

"그렇죠. 아무래도."

"땅따먹기 스테이지는 우리 인간 진영에서 상대적으로 포기한 영역이다. 해협과 아포칼립스 페스티벌은 달라."

태양이 진입하기 전의 땅따먹기 스테이지는 인간 진영이 요새 1개만 먹어 놓고 아예 활동하지 않는 수준이었다.

그러다 보니 엘프 진영과 오크 진영의 전면전으로 각자 투자하는, 혹은 새로 올라오는 플레이어의 수준에 따라 세력 구도의 유불리가 뒤바뀌었다.

하지만 해협 스테이지는 달랐다.

스테이지의 최종 목표, 억겁의 소용돌이를 중앙에 두고 3개의 진영에 확고하게 본인들의 영역을 구축했다.

해협 중앙에 있는 몇몇 개의 섬을 기점으로 전선이 생성되었다.

굳이 따지자면 천문의 영역은 엘프 진영과 맞붙은 전선과 가깝기는 했다.

"물론 저쪽에서도 우리가 전선을 포기했는지 알아보려고 가끔 들어오는 경우는 있다만……."

이라고 말하는 순간.

쏴아아아.

"적습! 적습이다!"

인양선을 제외한 천문의 세 범선이 전투 대형을 만들었다.

악도군의 눈썹이 올라갔다.

"이상하군."

"가는 날이 장날이라더니. 오늘이 그날인가 보네요."

태양은 가볍게 이야기했지만, 악도군은 표정을 풀지 않았다.

"아까 말씀하신대로 우리가 포기했는지 아닌지 알아내려고 그런 거 아니겠어요?"

"아니."

자연에서 피어난 4대 정령이 뒤를 봐주는 엘프 진영은 오크, 인간 진영에 비해 압도적으로 정보 수집력이 뛰어났다.

허공이 해협 스테이지에 들어왔다는 사실은 몰랐을 수도 있다.

일선에 서지 않은 지 한참이나 된 양반이니 놓쳤을 수도 있지.

하지만 악도군 본인이 해협 스테이지에 들어왔다는 사실을 놓쳤다는 사실이 말이 안 됐다.

악도군이 예민하게 반응할 수밖에 없는 이유.

당연히 허공 때문이었다.

한 문파의 수장이 성치 않은 몸을 이끌고 일선에 나왔으니 당연하다면 당연한 일이다.

반면 태양은 그들의 동태가 놀랍지 않았다.

"……나 때문인가?"

허공 역시 수염을 쓰다듬으며 태양의 의견에 힘을 보탰다.

"오크 진영에서는 활강하는 매를 보냈었지. 엘프 진영 역시 신경을 쓰지 않을 수 없지 않겠느냐."

"장문. 지휘를 맡아 주시겠습니까?"

"직접 갈 생각이냐?"

"예. 그편이 안전하지 않겠습니까."

반대편에서 나타난 두 척의 범선은 벌써 정령들이 힘을 쓰기 시작했는지, 눈에 띌 만큼 커다란 폭포를 휘감은 채 다가오고 있었다.

그들을 바라본 허공이 고개를 저었다.

"지휘할 필요도 없겠군."

"예?"

"한 척은 악도군 네가. 한 척은 태양, 자네가 맡아 주게. 아이들에게는 움직이지 말라 전해라. 전투 대형으로 바꿀 필요도 없어."

악도군이 기를 집중해 적들을 다시 한번 살펴보고는 이내 헛웃음을 지었다.

허공의 말대로였기 때문이다.

"전형적인 정찰선이군."

엘프 셋에 정령 하나.

정령은 죽일 수 없는 존재임으로, 저 커다란 범선에는 사실상 엘프 셋만이 들어 있는 셈이다.

정령이 현세에 영향력을 발휘하기 위한 인형 역의 엘프 하나.

임무 수행 도중 마나가 다 떨어질 경우를 대비한 배터리 역의 엘프 하나. 그리고 두 엘프가 죽고 나서 정보를 본진으로 송환하기 위한 엘프 하나.

개인의 목숨을 장기짝으로 여기는 엘프 진영에서 종종 사용하는 방식이었다.

"저는 상관없습니다만, 윤태양 너는 괜찮겠나? 최소 중급 정령이다."

"뭐, 안 될 건 없죠."

짧은 의견 교환 후, 두 플레이어가 범선을 박차고 뛰어올랐다.

신전의
원코인
클리어

악도군은 생각했다.

정찰선.

구성원은 고작 엘프 셋, 정령 하나다.

악도군이 움직이는 건 명백히 닭 잡는 일에 소 잡는 칼을 사용하는 격이라는 이야기다.

이 정도는 윤태양 혼자만으로도 해결할 수 있는 일이다.

아니, 그도 이런 곳에 낭비하기에는 아까운 전력이다.

하지만 악도군은 적이 정찰선이라는 걸 알고 난 후에도 자원을 철회하지 않았다.

그리고 그에 호응이라도 하는 듯, 허공은 윤태양을 악도군과 같이 움직이게 했다.

그 말뜻은 무엇인가.

허공은 악도군이 윤태양에게 천문을 보여 줬으면 하는 거다.

무림인의 능력을 보여 줘 매료시키고 싶은 거다.

'왜 나를 데리고 오셨는지 알 것 같군.'

윤태양을 매료시킬 정도의 능력을 갖춘 플레이어는 천문에서도 소수다.

원로 구휘, 검치(劍癡) 유성, 향련각주 예련.

그리고 천안부장 악도군 정도.

대원로 구휘는 자존심이 고고하거니와 당장 문주와 같은 연배다.

이런 일을 할 일은 없다.

검에 미친 유성은 이런 일에 시간을 낭비할 바에는 무례를 감수하고 단호하게 거절했을 터이며 예련 역시 그 드높은 자존심을 생각하면 마찬가지였을 터다.

허공이 악도군을 데려온 데에는 이유가 있었다.

허공이 드디어 무신록의 계승자를 찾는 일이다.

동시에 정체되어 버린 천문의 체질 개선이 시작되는 기점이겠지.

악도군은 기쁜 마음으로 허공의 말 없는 명령을 수행할 수 있는 사람이었다.

"왼쪽부터 가지."

"따로 하나씩 잡는 게 아니라요?"

"일단 따라와라."

기척은 왼쪽에 엘프 둘, 오른쪽에 엘프 하나였다.

본래라면 오른쪽 범선에 있는 세 번째 엘프부터 잡고, 정보를 전달할 틈을 주지 않고 두 엘프를 동시에 몰살시키는 것이 정석이었다.

물론 그 이유는 정보 유출을 최소화하기 위해서다.

하지만 악도군은 그렇게 하는 대신, 태양과 같이 첫 번째 범선으로 들어갔다.

쿠쿵.

신킨의
원코인
클리어

두 인형이 동시에 범선에 오르고, 태양이 앞으로 달려 나가려는 찰나 악도군이 입을 열었다.

"넌 움직이지 마라."

"예?"

"보여 줄 필요가 있다."

정보를 감추는 게 아니라 오히려 과시한다.

최전선에서 주먹을 휘두르고 있어야 할 악도군이라는 강자가 현재 해협 스테이지에 내려와 있다는 사실을.

명백한 오버 밸런스 인재.

악도군이 모습을 드러내는 것만으로도 적들은 천문의 영역을 침략할 생각을 접게 된다.

"오, 과연."

무작정 정보를 은폐하는 것보다 효율적인 방법.

정보를 제한적으로 유출하여 상대의 움직임을 내가 원하는 대로 유도하는 거다.

악도군의 뜻을 깨달은 태양이 전투 개입을 포기했다.

덜컥.

범선 안에서 한 명의 엘프가 나타났다.

엘프의 머리카락은 부자연스럽게 허공을 향해 치솟아 있었다. 눈 또한 형광색으로 물들어 있고, 피부는 균열이 가 있었다.

정령이 격 낮은 엘프의 몸에 강신했을 때 전형적으로 일어나는 현상이었다.

"중급. 상급에 더 가깝지만 도달하지는 못했군."

후웅.

소금기를 머금은 바닷바람이 선박 위에 휘돌았다.

만약 엘프에 강신한 정령이 바람 정령이었다면 근방의 정보를 모조리 수집해 갈 테지만, 그걸 알면서도 둘은 움직이지 않았다.

"윤태양, 악도군, 그리고 허공이라."

엘프가.

아니, 엘프의 몸을 빌린 정령이 피식 웃었다.

"돌아가도 되겠나?"

쿠웅.

악도군은 대답 대신 진각을 밟았다.

그리고 태양에게 중얼거렸다.

"운룡이 제 무공인 정의행을 넘겼다지."

허공이 주관한 대련을 통해서 만천하에 이미 공개해 버린 마당이다.

태양은 옅게 고개를 끄덕였다.

"상승의 무공이다. 스스로는 모두 깨닫기 어려울 만큼."

"대련은 제가 이겼는데."

"물론이다. 놀라운 일이지."

악도군이 고개를 끄덕였다.

동시에 되물었다.

"하지만, 너도 알 거다. 전투의 승리가 곧 무공의 더 깊은 이해를 의미하지는 않는다."

태양은 수긍했다.

태양이 운룡을 이길 수 있었던 건 무공을 더 깊이 이해했기 때문이 아니다.

동작의 이해.

마나의 활용.

단탈리안이 지구에 차원 미궁을 보급하기도 전부터 운룡은 이미 정의행을 수련하고 있었다.

이 부분에서 태양이 운룡을 따라잡았다면 그거야말로 진정한 불합리다.

그렇다면 태양이 운룡보다 나았던 부분은 어디인가.

"너는 그저 잘 싸웠을 뿐이다."

정의행이라는 이름의 바위.

더 날카롭게 간 쪽은 명백히 운룡이었다.

태양이 간 바위는 투박하고 비효율적인 형태를 띠고 있었다.

하지만 태양이 휘두르는 바위는 운룡의 것보다 위협적이었다.

쿠웅.

악도군이 다시 한번 진각을 대디뎠다.

대답의 의미로 찍었던 직전의 진각과는 확연히 다른 실전의 진각이었다.

"보여 주지. 상승의 경지를."

운룡이 미궁 등반을 거부하고 폐관에 들어갔을 때, 그를 따라 폐관에 들어간 천문의 플레이어는 없었다.

명백히 이상한 일이다.

당시의 운룡은 천문에서만큼은 허공과 비견될 정도로, 어떤 면에선 허공 이상으로 인망 있는 남자였으니까.

하지만 왜 아무도 그를 따라가지 않았는가.

무인이기에 뼛속 깊이 깨달았기 때문이다.

차원 미궁을 등반할 때마다 마왕들이 적선하듯 던져주는 업적의 가치.

운이 좋으면 얻을 수 있는 아티팩트와 기물들을 통해 간접적으로 경험할 수 있는 상승의 경지.

전통을 중시하라고 윽박지르기에는, 차원 미궁이라는 신세계가 제공하는 메리트가 너무 대단했다.

애초에 모순이다.

차원 미궁을 오르면서 무공에 매진하지 못할 이유는 어디에 있단 말인가?

엘프는 싸울 의욕이 없어 보였지만 악도군은 개의치 않고 주먹을 내질렀다.

혼원(混元).

태초에 모든 물질이 구분되지 않고 뒤섞여 있던 때.

한 줌의 흐린 어둠에 세상 모든 속성이 담겨 있던 그 시절이 악도군의 주먹에 담겼다.

퍼억.

엘프의 머리가 단숨에 터져 나갔다.

악도군은 개의치 않고 다음 수를 이어 나갔다.

태양 역시 깨달았다.

지금 악도군이 벌이는 행위는 전투가 아니다.

과시인 동시에 전시하는 과정이었다.

그가 평생에 걸쳐 쌓아 온 무예(武藝)를.

태극(太極).

음과 양.

두 갈래로 나뉜 거대한 양극단.

붉은 우수(右手)와 벽색의 좌수(左手)가 조화롭기 그지없다.

파앙.

머리가 박살 난 엘프의 등이 바닥에 채 닿기도 전에, 범선 안쪽에 자리한 두 번째 엘프가 명을 달리했다.

하지만 악도군은 행위를 멈추지 않았다.

삼재(三才).

하늘.

땅.

그리고 그 사이의 인간.

하늘로 내뻗는 주먹은 허허롭고, 땅에서 끌어 차 올리는 발차기는 대지와 같이 굳세다.

두 개의 동작이 파생하는 에너지는 짧지만 화려하게 불사르는 인생처럼 역동적이었다.

콰드드득.

선미가 부서졌다.

하지만 의미 없다.

무공의 결과가 아니라, 악도군의 몸짓에 초점을 맞춰야 하는 시간이었다.

사상(四象).

거대하고 작은 음과 양이 조화를 이룬다.

오행(五行).

악도군의 몸짓이 자연을 머금었다.

육합(六合).

음과 양이 천지인에 각각 깃들고.

칠성(七星).

기어코 악도군의 몸짓이 우주를 담아냈다.

범선과 바다가 그의 몸짓에 호응에 아름다운 선율을 그렸다.

태양은 가만히 서서, 악도군을 바라봤다.

손가락을 움직이는 작은 몸짓 하나하나에서 고련의 흔적이 느껴졌다.

발은 왜 이곳을 향하는가.

마나는 왜 이 회로를 통해서 퍼 올리는가.

어떻게 이런 동작을 조합해서 하늘의 이치를 담아낼까.

신컨의
원코인
클리어

…….

사람은 무엇이고, 세상은 무엇인가.

또, 나는 누구인가.

한 생명체가 세계를 겪어 오며 새긴 고민 위에 다른 생명체가 답을 얹고, 그 답 위에 다른 생명체가 다시 질문을 새겼다.

무공이란 이름의 끝없는 선문답은 인간의 존재에 의문을 품는 동시에 당장 내일을 어떻게 살아갈 것인가의 세속적인 질문을 번갈아 던졌다.

악도군의 몸짓은 팔괘(八卦)를 넘어 구궁(九宮)에 치달았다.

하나의 세계를 감히 9개로 쪼갠 악도군의 몸짓은 이내 과거를 되짚기 시작했다.

팔괘, 칠성, 육합.

자잘하게 쪼개진 세상이 뒤감겼다.

오행, 사상, 삼재.

가까이에서 봤을 땐 온갖 매체의 향연이었던 세계가 어느새 하늘과 땅, 사람만이 남고.

태극, 혼원.

다시 시작점으로 돌아갔다.

일순간이지만, 쉴 틈 없이 올라오던 채팅창마저도 멎었다.

태양이 무의식적으로 내뱉었다.

"예술이네."

그랬다.

악도군이 펼친 건 누군가를 때려죽이기 위한 방법이 아니었다.

무공은 살인을 위한 도구가 아니었다.

시전자의 능력을 극한으로 끌어 올려서 억지로 답을 찾아낸 무공의 극의는, 인생과 혼을 담고 있었다.

"이게 무공(武功)이다."

태양은 자신이 무공에 대해 한 푼도 알지 못한다는 사실을 깨달았다.

동시에 창천 출신의 플레이어가 가지는 문파에 관련된 연대와 공감대에 대해서도 깨달았다.

"무공이란…… 본인과 선대가 평생을 걸쳐 갈고닦아 온 결정체."

"그래. 무공을 이어받는다는 건 무거운 일이다."

악도군이 희미하게 웃었다.

"사사를 거절한다고 해도 이해하겠다. 다만, 무공의 대를 이어야만 하는 장문인의 생각을…… 네 쪽에서도 어느 정도 이해했으면 좋겠다."

솔직히 악도군의 이런 행태는 강요에 가깝게 느껴졌다. 그리고 그런 동시에, 솔직히 말하자면 태양은 가슴이 뛰었다.

무공이라는 게 태양이 막연히 생각해 왔던 것보다 너무 멋있어서.

무신록을 잇는다는 것.

무신록을 창시하고 이어 왔을 선대들의 수많은 선문답에 자신만의 답을 새기고, 또 자신만의 고민을 새길 수 있는 일이다.

천년의 세월 사이에 태양이란 존재를 끼워 넣는 일.

그리하여 뒤에 이어질 천년에 이름 모를 존재들이 태양을 새기고 곱씹게 만드는 게 바로 무공의 본질이었다.

그래서 태양은 어쩔 수 없이 입을 열었다.

"거절하겠습니다."

이 시점의 거절.

명백히 멍청한 짓이다.

이렇게 된 이상 대답을 유보하는 시점에서만큼은 천문은 확실히 태양의 편을 들 게 분명하니까.

거절하면 뭐 어떻게 바뀔지는 모르겠지만…… 적어도 해협 스테이지에서 만큼은 여러 도움을 받을 수 있을 터였다.

하지만 이렇게 본인의 생을 투명하게 보여 준 악도군 앞에서 태양 역시 예의를 갖출 수밖에 없었다.

동시에 자신의 무공을 전수해 준 운룡에게도 예의를 갖춰야만 했다.

무공이 무엇인지 인지하지 못했다면 이렇게 하지 않아도 되었겠지만, 태양은 알아버렸으므로.

동시에 그런 무공을 이어받아 봤자 여전히 전투의 도구로만 사용할 것이므로.

"그런가."

악도군은 묵묵하게 고개를 끄덕였다.

그의 이마에서 땀방울이 주르륵 흘러내렸다.

태양에게 무공이 무엇인지 알려 주기 위해 그 역시 진심을 다했다는 증거였다.

"나머지 하나는 네가 처리하겠나."

"그러죠."

투웅.

태양이 반대편 배로 넘어갔다.

악도군은 태양을 잠시 바라보다가 다시 허공 옆으로 돌아갔다.

둘이 서 있던 범선은 곧 바다 밑으로 가라앉기 시작했다.

허공이 악도군을 바라봤다.

"……죄송합니다."

"시키지도 않은 일을 했구나."

고개 숙인 악도군 앞에서 이야기하는 허공의 성대가 갈라졌다.

"예?"

악도군이 의아한 얼굴로 고개를 들었다.

그리고 그 앞에 선 허공의 표정은 사무적이었다.

마치 엘프 진영이나 오크 진영의 플레이어를 말소할 때처럼.

"넌 예로부터 그랬지. 쓸데없이 정직하고, 유도리가 없어."

"장문, 잠깐만……."

무언가 이상함을 감지한 악도군이 허공을 붙잡으려 했다.

허공은 악도군을 스치듯 지나가며 중얼거렸다.

"참견하지 마라. 부탁이다."

무얼 참견하지 말고, 왜 부탁하는 건지.

악도군이 물을 기회는 없었다.

허공의 손짓에 거대한 기파가 움직인다.

콰지직, 콰지직.

극한으로 정제된 무인의 마나와 드넓은 창공에 흩뿌려진 마나가 상호작용한다.

바람과 구름, 전자기가 허공의 마나에 반응해 모였다.

허공에 모인 기파는 이내 한 점으로 수렴하여.

무신록(武神錄) 제1식 – 천락(天落).

태양이 탄 정찰선에 내리꽂혔다.

해협 (3)

세상에 존재하는 행복의 가짓수는 곧 세상에 존재하는 인간의 숫자와 같다.

여기서 비극적인 사실.

모든 인간의 행복이 이루어지는 일은 불가능하다.

어떤 이는 폭군의 꿈을 꾸고, 어떤 이는 성군을 목표로 삼아 정진한다.

하지만 인간의 숫자는 셀 수 없고, 그에 비해 나라의 숫자는 적다.

왕이 되기를 원하는 인간은 왕좌에 비해 터무니없이 많고, 세상은 패배자를 양산한다.

허공은 그 사실을 알고 있었다.

알면서도 세상을 긍정했다.

모두가 행복하다면 그것도 좋다.

하지만 허공은 행복을 쥐지 못하는 사람이 있어서 행복이 더욱 값져진다는 사실은 부정할 수 없다고 생각했다.

허공의 지향점.

고금제일(古今第一).

역사의 위인들마저 발밑에 깔아 버리는 원대한 목표.

천하의 기재라 칭해지던 허공은 자신이 할 수 있을 줄 알았다. 그렇게 허공은 무신록의 계승자로 되고, 차원 미궁으로 입장했으며, 천문의 장문이 되었다.

하지만 고금제일이 되는 데는 실패했다.

오크 진영의 위대한 전사, 피 튀기는 번개와의 결전.

진원진기(眞元眞氣)를 끌어내 싸워 놓고도 승리를 쟁취하지 못했다.

고금제일이라는 칭호에는 발끝에도 미치지 못했다.

그날, 허공은 승리하지 못하고, 무공도 잃었다.

그리고 태양이 땅따먹기 스테이지를 클리어한 직후.

꿈이 한이 되어 버린 노인은 제3계위 마왕 바싸고의 신탁을 받았다.

"단탈리안이 제 플레이어에게 신성을 나눠 줬다는군."

"윤태양, 요즘 인간 진영에서 기록적으로 치고 나오는 신예다."

"신성이 무엇인지 아나?"

바싸고의 말끝에 물음표가 붙었다는 사실을 인지한 순간, 허공은 허리를 꼿꼿이 세운 채 마왕의 눈을 직시했다.

대나무와 같은 기세.

절대로 타협하지 않겠다는 의지.

바싸고가 웃었다.

"모르는군."

허공은 대답하지 않았다.

바싸고의 이명.

탐색의 마왕.

바싸고는 아는 게 많았다.

그리고 차원 미궁의 다른 마왕들에 견주어 절대로 빠지지 않는 악취미의 소유자였다.

바싸고는 진실하고 올곧은 인간을 좋아했다.

정의로운 인간상이라면 더더욱 좋아했으며, 심지가 굳은 이를 아주 좋아했다.

정의로움은 기준이 아니다.

그저 강직한 인간의 주관이 꺾이는 장면을 좋아할 뿐.

바싸고는 자신이 가지고 있는 정보의 우위를 바탕으로 강직한 성품의 플레이어에게 자신의 주관을 꺾는 행위를 강요했다.

허공은 바싸고와 계약했다.

당연히 그의 심성을 알았다.

그랬기에 바싸고가 웃을 때에는 특히 그의 수작에 넘어가지 않기 위해 애썼다.

"무슨 일을 꾸미는 거냐. 바싸고."

"꾸미다니. 섭섭하군. 난 내 후원자에게 도움이 될 만한 정보를 알려 주는 것뿐인데."

저 말은 분명 진실이다.

하지만 동시에 허공의 가치관을 정반대로 찍어 내는 행위를 유도하기 위한 미끼다.

"궁금할 텐데."

"궁금하지 않다 해도 그 혓바닥을 놀릴 테지."

"내상은 괜찮나?"

허공은 대답하지 않았다.

"섭섭한 일이야. 후원자라는 이름으로 자네의 상태를 들을 권리가 있다고 생각하는데."

바싸고가 빙긋 웃었다.

"물론 자네가 말해 주지 않더라도 나는 알고 있네. 언제나 그랬듯이 말일세."

바싸고가 낮은 음성으로 속삭였다.

"신성. 필멸자가 굴레를 탈피하고 초월자가 되는 과정에서 생겨나는 증거. 동시에 초월한 힘의 원천."

"……"

"이런. 이것만큼은 궁금해 할 거라 자신했는데."

웃음 섞인 바싸고의 음성이 뱀처럼 허공을 휘감았다.

다른 플레이어라면 접하지 못했을 정보들이 허공의 귓가에 속속들이 얹혔다.

신성의 가치.

신성의 용법.

같은 필멸자인 허공이 윤태양에게서 신성을 뽑아내는 방법.

뽑아낸 신성을 어떻게 활용해야 본인의 내상을 치료할 수 있는지.

허공이 저도 모르게 눈을 감았다.

'이것은······.'

바싸고가 처음으로 제안하는, 그리고 아마 마지막으로 제안할.

이제까지 없었고 앞으로도 없을 허공의 현역 복귀 가능성.

허공은 바싸고의 말을 끊지 못했다.

아니, 끊지 않았다.

그것은 아무 죄도 없는 하나의 플레이어를 자신의 사리사욕을 위해 희생시키겠다는 무언의 동의였다.

＊＊＊

철썩.

수십 갈래의 바닷바람이 선미를 휘감고, 셀 수 없는 해류의 갈래가 범선의 몸체를 때려 댄다.

인간의 생과 같이 흔들리는 배에서 허공은 악도군을 지나쳤다.

무신록(武神錄) 제1식 – 천락(天落).

콰앙.

놀라서 떨리는 악도군의 눈동자.

허공은 안타까움을 애써 숨기며 담담하게 말했다.

"참견하지 마라. 부탁이다."

진심이었다.

악도군이 참견하기 시작하면 이 일은 내상을 입은 허공이 감당하기에 버거워진다.

동시에 여기까지 계산했기에 악도군을 데려왔다.

허공이 이 정도로 이야기한다면 악도군은 개입하지 못하기 때문이다.

과하게 정의롭고, 과하게 고지식하기에.

그의 타협 없는 성격은 상급자의 명령을 '우선' 듣게 만든다.

허공은 윤태양이 들어갔던 범선 위로 몸을 날리는 동시에 은백색의 앵무새 조각에 내기를 불어넣었다.

조타실에 놓여 있던 먼지 쌓인 장식품.

동시에 허공이 일선에 나서던 시절 유령 해적선을 통해 얻었던 아티팩트였다.

"발할라! 발할라! 발할라!"

앵무새 조각은 영문 모를 말을 지껄이며 허공에 녹아들었다.

드드드드ㅡ.

나갈 수도 들어올 수도 없는 커다란 구 형태의 방패가 태양과 허공을 가뒀다.

말리는 이는 없었다.

누가 말리기 전에 이미 허공은 하늘을 날 듯이 반파된 두 번째 범선에 안착했다.

격리 구의 지속 시간은 두 각(30분) 가량.

바깥의 방해 없이 윤태양에게 신성을 적출해 내기는 충분한 시간이다.

투둑.

반파된 선미에서 역동적인 기파가 꿈틀거린다.

"한 번에 해결되지는 않는군."

허공은 놀라지 않았다.

윤태양이라는 플레이어가 보여 준 기량에 따르면 충분히 있을 수 있는 일이었다.

돛대 위에 올라선 허공은 놀라는 대신 고고하게 손을 휘저었다.

스윽.

가벼운 손짓.

그리고 그렇지 않은 결과.

무신록(武神錄) 제1식 ─ 천락(天落).

번개.

아니.

지그재그의 형상으로 떨어지는 거대한 뭉치의 내기다.

꽈드드득.

허물어진 선미가 다시 한번 형태를 잃었다.

허공은 표정 하나 달라지지 않은 채 다시 한번 팔을 내리그 었다.

무신록(武神錄) 제2식 - 염탄(炎呑).

지상에 내린 신이 화를 참기 위해 겁화를 삼킨다.

화마처럼 번져 나가는 허공의 내기가 바다 위에 간신히 떠 있는 잔해를 휘감았다.

─허공이 배신 때린 거?

─악도군은 전혀 모르는 눈치던데.

─단탈리안 말이 맞네. 인간 진영 플레이어도 믿지 말라 했잖음.

─와, 그럼 위에 인간 플레이어들도 다 경계하면서 차원 미궁 끝까지 깨야 되는 거야?

─난이도 조졌네.

─배신? 허공 '사형'.

신컨의
원코인
클리어

-천문? '폭파'.

　-사형 ㅇㅈㄹ ㅋㅋ.

　-윤태양이 사형당하는 건 아니고 ㅋㅋ?

　-ㄹㅇ;

　-분위기 파악 좀 하면 안 되냐? 누구는 지금 목숨 걸고 싸
우는데.

　-꼬우면 채팅 보지 말든가~

　-방장도 안 하는 ㅈㄹ을 지가 나서서 하네. ㅋㅋ.

　단탈리안이 지나가듯 말했던 조언.

　모든 마왕이 신성을 원할 거고, 그건 인간 진영의 플레이어
들이 후원하는 마왕 역시 다를 게 없다고 했던 그 말.

　'빌어먹을.'

　단탈리안은 마음에는 안 들지만 확실히 유능하기는 했다.

　아그리파의 라빈.

　그리고 석조경과 다른 플레이어들.

　그들은 태양의 성장을 반드시 지켜 내야 하는 거라고 말했
다.

　멍청한 착각이다.

　'생각할수록 어이없네.'

　인양에서 열외한다는 조건.

　연승전(連勝戰) 형식의 대련.

사용할 수 있는 기술을 '무공'으로 한정해 태양의 무공 수위를 정확하게 파악하는 동시에 악도군이라는 강력한 카드를 사용해 이외의 전력도 확인한다.

허공은 처음부터 대놓고 이따위 그림을 그리고 있었던 거다.

"현혜야, 우리 감 많이 떨어졌다. 그지?"

─……미안해.

"네가 미안할 건 아니고."

어쨌건 간에 허공은 배신했고, 전투가 임박했다.

태양은 머리를 굴렸다.

그리고 결정적으로 허공과 태양의 주위를 감싼 구 형태의 방어막.

적어도 지금 이 순간만큼은 허공과 일대일 구도다.

'지금 끝내야 해.'

─그나마 다행인 건…… 악도군은 모르는 일 같아. 내가 보기엔.

악도군이 허공의 속셈을 알고 있었는가.

그럴 가능성은 적었다.

만약 그랬다면 허공이 제자로 낙점했다느니 하는 개소리를 지껄였을 이유가 없었다.

또한 악도군이 태양을 노릴 기회는 넘쳐났다.

같은 배 위에서 지근거리로 악도군의 무공 시연을 지켜보기까지 했다.

신권의
원코인
클리어

기습할 속셈이었다면 허공이 아니라 악도군이 하는 기습이 구도상 더 치명적이었다.

–하지만 알지?

"항상 최악을 가정한다."

천문의 대장은 허공이고, 악도군은 그의 하급자다.

이제까지 몰랐더라도 이후부터 악도군이 허공의 명령을 따라 태양을 적대할 가능성은 충분했다.

화르르르륵.

피어오르는 불꽃.

판단과 동시에 태양이 숨을 들이 삼켰다.

후욱.

뜨거운 공기가 폐부를 데웠다.

허공의 무위를 직접 확인한 적은 없지만, 악도군에게 들은 이야기는 있다.

무신록은 기공이다.

기공이란 직접 전투보다 내기 움직여서 사용하는 무공을 뜻한다.

전투 타입이 격투가보다 마법사에 가깝다는 뜻이다.

물론 기공뿐 아니라 다른 배움도 있지만, 그 시작은 분명 기공이라 했다.

그리고 아무튼 부상을 입어 일선에서 물러났다니, 직접 전투는 부담스러울 수도 있겠지.

결국 공략법은 같다.

붙어서 때린다.

태양의 입에서 연기가 뿜어져 나왔다.

본능의 영역에서 죽음을 감지한 신성이 감응을 시작했다.

새파랗게 빛나는 태양의 동공.

무신록(武神錄) 제3식 – 반성(反省).

후욱.

나무더미 사이에서 거대한 마나의 변화가 느껴진다.

태양은 본능적으로 몸에 마나를 두르고 발을 굴렀다.

파앙!

발이 해면을 박차고 튀어 나갔다.

저 위, 돛대 위에서 고고하게 태양을 내려다보는 허공.

태양이 사납게 이를 드러냈다.

"깜빡이는 좀 켜고 들어오시지."

허공은 대답하는 대신 다시 한번 팔을 내리그었다.

꽈드드드득.

스타버스트 하이킥(Starburst High Kick) – 캐논 폼(Canon Form).

뻐엉.

기공에는 기공으로.

"호오."

"왜. 그쪽만 이런 거 할 줄 아는 거 아니잖아?"

신성이 작용한 태양의 신체는 뭐든지 할 수 있을 것처럼 전능감이 넘쳤다.

'하지만 부족해.'

이 전능감은 착각이다.

태양이 이제껏 상대해 본 가장 강력한 적.

활강하는 매.

아무리 부상을 입었다지만 태양은 수위를 모른다.

일순간이라도 그 정도 기량을 내뿜을 수 있다면, 그 정도 전사라고 상정하는 게 옳다.

태양이 활강하는 매에게 치명적인 일격을 입혔을 때의 상황이 어땠던가.

걸 수 있는 모든 자가 버프를 걸고, 석조경이 제 목숨을 태워 가며 만든 기회를 만들어 줬다.

거기에 더해 유물도 있었다.

초월 병기 나이트 홀스의 축복, 새벽의 영감.

당시 태양이 펼쳐 낸 파천은 몽롱한 정신으로 이뤄 낸 마나 컨트롤이 아니었다면 불가능한 일이었다.

나머지 상황은 어떻게든 맞춰 볼 수 있겠지만, 나이트 홀스가 부여하는 새벽의 영감은 없다.

'그에 상응할 만한 것.'

태양이 입술을 깨물었다.

"씨발. 몰라. 해 보는 거지."

머리로만 생각했던, 이론적인 방법.

신룡화(神龍化).

플레이어 윤태양의 심장이 마왕 발록의 능력치를 얻습니다.

두근.

태양의 가슴에서 용왕의 심장이 맥박쳤다.

용종 중 최강.

넘쳐흐른 발락의 마나가 제멋대로 태양의 마나 회로에 역류하기 시작했다.

심상치 않은 마나 유동을 느낀 허공이 다시 한번 손을 휘저었다.

무신록(武神錄) 제4식 - 유희(遊戲).

지상에 내려왔음을 받아들이고 즐기기 시작하는 무신.

부서지는 산천초목.

모든 것을 초토화시킬 듯 사나운 내기가 태양을 향해 내리꽂혔다.

태양은 피하지 않았다.

신룡화(神龍化).

플레이어 윤태양의 근육이 마왕 발록의 능력치를 얻습니다.

인간이라는 종을 초월한 근력이 태양의 몸에 깃들고.

신룡화(神龍化).

플레이어 윤태양의 눈이 마왕 발록의 능력치를 얻습니다.

세계를 내려다보는 용안(龍眼)이 태양의 눈에서 피어올랐다.

동시에 태양이 팔을 뻗었다.

정의행(正義行) 1식 - 통천(通天): 윤태양식(式) 어레인지.

꽈르르르릉.

허공의 무신록이 태양의 정의행에 산화된다.

허공이 놀라서 침음을 내뱉었다.

"이 무슨……."

태양이 몸을 떨었다.

아프지는 않다.

통각 세포는 작용하지 않는다.

다만 영혼의 단말이 두려워하고 있다.

분에 맞지 않은 힘.

영혼의 그릇이 흘러넘쳐 서서히 갈려 나가는 게 실시간으로 느껴진다.

"거, 내상 때문에 오래 못 싸우신다고 알고 있습니다."

태양이 살벌하게 웃었다.

"저도 마찬가지거든요."

노인 공경?

X까.

노인 공격이다.

꽈르릉.

9개의 광선이 연달아 내리꽂혔다.

한때 배의 형태를 하고 있던 나무 파편은 이제 물 위를 둥둥 떠다니는 징검다리가 되었다.

본래 정찰선에 타고 있던 엘프는 물고기밥이 된 지 오래.

'물론 내가 지금 그쪽을 걱정하고 있을 때는 아니지만.'

한 호흡을 들이쉬고, 내쉰다.

콰아아아아앙!

축제라도 즐기는 듯 경쾌한 리듬으로 떨어져 내리는 광선들.

용안(龍眼)이 궤도를 읽어 내고, 강화된 근육이 압도적인 속도를 부여했다.

"스읍."

투웅.

어느새 태양은 허공이 서 있는 돛대에 나란히 섰다.

대련장에서는 보여 주지 않은 데이터지만, 허공은 놀라지 않았다.

"훌륭하다."

무신록(武神錄) 제1식 - 천락(天落).

번개를 닮은 기파를 유도해 내는 허공의 마나 컨트롤은 실시간으로 보면서도 믿기지 않을 정도로 빠르고 정확했다.

태양이 이를 악물었다.

콰드드득.

별림이 구해다 준 마법 갑옷이 태양의 몸을 감쌌다.

스톰브링어(Storm Bringer) : 폭풍 소환(暴風 召喚).

[폭풍의 정령 군주 아라실이 플레이어 윤태양의 신체에 임합니다.]

신칸의
원코인
클리어

[머신 PUNMFV-3000 활성화]

[마나를 소모하여 근력, 맷집, 민첩 중 하나의 시너지를 선택해 시너지의 등급을 한 단계 높입니다.]

[맷집의 시너지가 '6'으로 조정됩니다.]

한 푼의 마나라도 아끼기 위해 뒤늦게 소환하는 아라실과 머신 PUNMFV.

폭풍 정령들의 거친 바람이 해상을 잠식하고.

쫘르르르릉.

태양의 시야가 새하얗게 점멸했다.

발락의 근육은 번개에 한없이 가까운 기파를 무리 없이 견뎌냈다.

타격이 없는 건 아니지만…….

'견딜 만해.'

의식은 날아가지 않았다.

어깨가 크게 젖혀지고, 태양의 주먹이 투포환처럼 장전됐다.

정의행(正義行) 2식 - 관심(貫心) : 윤태양식(式) 어레인지.

후우우우웅.

압도적인 마나 유동.

해면(海面)에 파장이 일어나고, 하늘의 구름이 솜사탕처럼 일그러졌다.

단숨에 심장을 꿰뚫을 심산이었다.

허공은 움직이는 대신 심유한 눈빛으로 그를 바라봤다.

금강부동(金剛不動).

"뚫어 보아라."

허공의 신체가 금빛으로 휘감겼다.

눈이 감길 정도의 광채.

거기에 하나의 스킬이 더해졌다.

불괴(不壞).

불괴.

바싸고가 후원한 권능.

번뜩이는 신성의 편린을 느낀 태양이 사납게 이를 드러냈다.

"못 뚫을 것 같아?"

콰득.

진각과 동시에 뻗어 오는 주먹.

허공은 생각했다.

강의 뒷물은 앞 물을 결국에는 밀어내는 법이다.

태양은 확실히 뒷물이고, 허공은 확실히 앞 물이다.

'확실히.'

허공이 여기서 물러났다면 태양이란 이름의 파도는 차원 미궁이라는 이름의 육지를 해일처럼 덮칠 게 분명했다.

하지만 안타깝게도, 뒷물에 밀리기에 아직 허공이라는 이름의 파도는 너무나도 건재했…….

대단하긴 하다.

하나 아쉬움은 치운다.

밤하늘의 별은 무수하고, 밝게 빛날 자질을 갖춘 별은 태양 하나가 아니다.

또한 태양이 비추는 건 허공의 천문이 아니다.

꽈아아아아앙!

충돌음.

부서진 건 태양의 주먹이다.

어느새 부동(不動)에서 벗어난 허공이 튕겨 나간 태양을 바라보며 다시금 손을 내리그었다.

무신록(武神錄) 제 6식 - 멸망(滅亡).

향락에 수천 년을 취한 무신은 결국 인간계를 멸망시킬 결심을 세운다.

세속의 모든 인연을 끊어 내고, 동시에 번잡한 마음 역시 털어 낸다.

홀가분한 마음에서 뻗어 나오는 냉철하고 무심한 처분의 칼날.

전, 후, 좌, 우.

용안을 머금은 태양의 동공이 쉴 새 없이 돌아갔다.

얼핏 보면 환(幻) 계열의 기술이라 치부할 정도로 어지러운 마나 유동.

하나 환이 아니다.

모든 공격이 '진짜'이기 때문이다.

다른 해결 방법은 없다.

그저 모두 쳐 내고, 다시 한번 허공의 앞에 도달해서 주먹을 내뻗는 것뿐.

우드드득.

강인한 근육이 어긋난 손의 뼈마디를 강제로 원위치시켰다.

찌르듯이 올라오는 통증은 이미 태양에게는 익숙하게 견딜 수 있는 종류였다.

고고하게 서 있던 기둥은 어느새 부러져 바다를 둥둥 떠다니고 있었고, 허공만이 여전히 꼿꼿함을 유지한 채 돛대 기둥을 밟고 태양을 바라봤다.

알 수 있다.

다시 한번 도달하면, 이번에는 태양의 승리다.

다른 근거는 없다.

전사의 본능.

이번에 다가간다면 절대로 기회를 놓치지 않을 거라는 자신감.

"오라. 할 수 있다면."

허공의 담담한 목소리와 동시에.

카드드드드득.

내기가 공간을 폭격하기 시작했다.

좌중단.

마주 주먹을 내뻗었다.

정의행(正義行) 1식 – 통천(通天) : 윤태양식(式) 어레인지.

뻐엉.

발밑에서 터져 나오는 에너지는 임팩트가 고점을 때리기 전에 미리 짓밟았다.

정의행(正義行) 3식 – 지폭(地爆) : 윤태양식(式) 어레인지.

뻐엉.

통천, 관심, 지폭, 천궁, 오행, 육합.

태양이 습득한 정의행의 정수가 아낌없이 뻗어 나왔다.

혼원, 태극, 삼재, 사상, 오행, 육합, 칠성, 팔괘, 구궁.

악도군의 무예 역시 베껴 낸다.

그를 통해 정의행의 부족한 부분을 메꿨다.

그런 와중에 오행과 육합.

악도군과 운룡의 무리(武理)에 맞닿은 부분을 발견했지만, 일단은 넘겼다.

"하."

허공이 헛웃음 쳤다.

비웃음이라기보단, 경탄을 인정하지 못하는 질시의 의미가 담긴 헛웃음이다.

발락의 용안을 통한 관찰.

태양 본연이 지닌 무공의 오성.

그리고 신성이 넓혀 낸 재능의 한계.

태양의 퍼포먼스는 허공의 이해를 넘어섰다.

"하나, 부족하다."

이것으론 허공을 꺾을 수 없다.

무신록(武神錄) 제 7식 — 승천(昇天).

태양을 폭격한 내기의 잔재가 일순에 증발하고, 내뻗은 허공의 손끝에서 빛줄기가 뻗어 나왔다.

쿠웅.

본능적으로 내뻗은 초월 진각.

발락의 근육이 기어코 한계치에 달했다는 비명을 내질렀다.

눈이 빠개질 듯 쑤시고, 신성의 빛이 사그라들 듯 위태롭게 흔들렸다.

그 과정에서 태양은 기어코.

정의행(正義行) 오의(奧義) — 운명(運命).

기어코 하늘의 뜻에 손을 댔다.

후욱—.

일순간.

모든 이상 현상에서 벗어났다.

태양의 몸에 걸린 차원 미궁의 스킬이 보조하는 온갖 버프가 사그라들었다.

발락의 권능도.

남은 건 차원을 이동하면서 재조형된 육체와 신성, 그리고 잔뜩 고양된 정신.

그리고 태양에게 가장 익숙한 한 동작.

초월 진각의 파생기.

초월 진각 – 선풍권(旋風拳).

과도한 육체 능력은 없다.

기의 움직임도 없다.

완벽에 가까운 기술뿐.

태양의 주먹에 승천의 궤적이 스러진다.

"쿨럭."

허공의 입에서 시뻘건 핏물이 새어 나왔다.

금강부동(金剛不動).

광채가 허공을 휘감고, 흐려졌다.

"뭣."

허공의 동공이 확장되고, 태양이 주먹을 내뻗었다.

병든 허공의 육체가 마주 손을 내뻗었다.

뻐억.

태양의 입가가 호선을 그렸다.

"들어왔다."

태양의 간격에.

불괴(不壞).

신룡화(神龍化).

[플레이어 윤태양의 근육이 마왕 발록의 능력치를 얻습니다.]

달그락.

무리한 권능의 운용에 무언가 깨져 나가는 소리가 들린다.

<hr />

같은 시각 인양 현장.

인양 현장은 적막했다.

태양 일행은 물론이고 인양 작업을 위해 내려온 천문의 나머지 플레이어들도 말이 없었다.

윤태양과 허공의 전투라는 내막은 모르지만, 무언가 이변이 일어났다는 사실은 모를 수가 없었음.

머리 위에 나타난 구 형태의 무언가.

차라리 보지 않고 지나치는 게 목숨을 보전하는 길이 아닌가 싶을 정도로 격렬한 마나 유동.

실시간으로 수면을 내려찍는 광선과 수많은 기포.

별림은 메시아를 바라봤고, 메시아는 고개를 끄덕였다.

메시아가 태양의 방송을 따로 확인할 필요도 없었다.

이미 채팅 창은 폭주하고 있었으니까.

"……배신이다."

"배신?"

살로몬이 목소리를 낮췄다.

"지금 이 녀석들 이야기하는 거야?"

"그래. 위에서 전투하고 있는 건…… 태양과 허공이다."

"맙소사."

별림이 저도 모르게 머리를 짚었다.

허공.

천문의 장문.

차라리 악도군이나 다른 플레이어가 그랬다면 개인의 독단으로 치부할 수 있다.

하지만 허공이 움직인 거라면 행동의 무게감이 달라진다.

"허공이 개입했다는 건.. 이건 곧 천문의 판단이 되어 버린다는 건데……."

별림이 인상을 쓴 채 머리를 긁었다.

그들이 해야 할 일은 명백했다.

최대한 빨리 이 물밑을 탈출하고, 태양에게 합류하는 것.

"그래도 희망은 있어. 악도군을 비롯해서 천문의 다른 플레이어들은 이 사실을 모른다."

"어. 그렇다면 이쪽이 대응하기 전에 우리가 먼저 움직이면 어떻게든 가능성이 있다는……."

그때 란이 중얼거렸다.

"아니야."

"뭐?"

"……상황은 최악이야."

엘프 진영에서 정찰을 위해 바람 정령을 보낸 이유.

바다라는 공간의 특성상 장애물 없이 탁 트여 있다.

수면은 바람을 머금는다.

이는 바람의 흐름을 적나라하게 드러내는 동시 지면과는 다르게 바람이 숨을 곳이 되어 준다.

이를 다른 말로 하자면, 관측당하는 쪽에서 바람 정령이나 플레이어의 마나를 통한 조종을 간섭하기 어렵다.

물론 그를 제외하고도 바람이라는 속성은 정보를 캐치하기 쉬운 특질을 지니고 있다.

여하간, 바람 정령만큼이나 란 역시 정보의 수집에서 어드밴티지를 받은 상황.

문제는 란이 얻어 낸 정보였다.

"이쪽으로 군대가 오고 있어."

"뭐?"

"군대 수준. 범선이 적어도 10척. 방향은…… 사전에 들은 대로라면 엘프 진영. 하지만 모르지."

엘프 진영과 오크 진영이 합작해서 태양을 노리러 들어왔을지도 모른다.

실제로 이미 태양은 오크 진영의 2인자, 활강하는 매까지 잡아 낸 전적이 있으니.

"이쪽 애들이랑 싸우니, 탈출이니 말하고 있을 때가 아니야. 저쪽에서도 내 풍술을 읽었어."

천문은 S등급의 클랜으로, 인간 진영에서 세 번째로 강하다.

신권의
원코인
클리어

하지만 여기 모인 전력은 기껏해야 범선 세 척.

물론 이쪽에는 악도군과 허공이 있지만 그들 역시 태양의 편이 아니라는 사실을 감안해야 한다.

현 위치.

해협의 정중앙.

살로몬의 공간 이동은 턱도 없고, 그나마 란의 풍술을 통해 이동할 수는 있겠지만 이 역시 엘프 진영에서 조직적으로 방해하며 추적한다면 떨쳐 낼 방도가 없다.

"대비가 먼저야. 천문이 우리를 적대하든 말든, 당장 없어진다면 우리도 답이 없어."

란이 운룡에게 달려갔다.

"무슨 일이지?"

"올라가야 해. 당장! 엘프 진영에서 습격할 거야."

운룡이 피식 웃었다.

"아아, 걱정하지 않아도 된다. 엘프 진영에서 보내는 정찰선은……."

"정찰선 수준이 아니야! 범선이 열 척이 넘어?"

"그쯤하지."

유령 해적선의 보주에 마나를 불어넣던 천문의 플레이어, 유관문이 중얼거렸다.

"위에는 천안부장님과 문주님이 계신다. 너 따위가 걱정할 일이 아니야."

"죄송한데 지금 상황이 조금 심각해서 그래요."

메시아 역시 끼어들었다.

"우리는 천문을 무시하려고 하는 게 아닙니다. 그만큼 상황
이⋯⋯."

스릉.

"돌아가라."

중년인은 기어코 칼을 뽑아 들었다.

쿠웅—.

거대한 마나압이 주변을 짓눌렀다.

"대단한 건 윤태양이다. 너희가 아니야. 그리고 설령 윤태양
이라고 해도 나에게 명령할 순 없다."

쉽게 넘어갈 순 없을 듯했다.

메시아가 입술을 깨물었다.

그때, 메시아의 시야 한편에서 채팅이 폭발적으로 터져 나
왔다.

<hr />

"허공. 자네의 세계, 창천에는 시계가 있나?"

"무시하지 마라."

"무시하는 게 아니야. 시계는 시간이라는 무형의 위대한 가
치를 겨우 한 치의 오차 정도만으로 측정해 내는 인간의 위대

한 발명품일세. 겨우 수십 개의 톱니바퀴를 통해 형용할 수 없는 가치를 측량해 내는 물건. 이게 얼마나 대단한 건지 자네는 모를 걸세. 실제로 시계라는 개념이 없는 세계도 많다네."

"창천에는 있다."

바싸고의 홀로그램이 되물었다.

"그렇다면 자네도 알겠군."

"무엇을 말이냐."

"그 수십 개의 톱니바퀴 중 하나가 빠지면 시계가 어떻게 되는지 말이야."

"……."

"시곗바늘이 움직이지 않는 경우는 예사지. 분명 작동은 하는데 다른 시계보다 느리거나 빠르고. 혹은 초침만 움직이고 분침과 시침은 움직이지 않게 되는 경우도 있네."

"갑자기 무슨 이야기를 하는지 모르겠군. 시계는 갑자기 왜……."

"바로 자네처럼 말일세."

허공의 눈썹이 들썩이는 것을 보며 바싸고가 낮은 음성으로 속삭였다.

"신성. 필멸자가 굴레를 탈피하고 초월자가 되는 과정에서 생겨나는 증거. 동시에 초월한 힘의 원천."

"……."

"그리고 자네에게서 빠져 버린 톱니바퀴의 자리를 완벽하게 대체할 수 있는 또 하나의 톱니바퀴지."

"톱니바퀴."

바싸고는 신성을 톱니바퀴에 비유했다.

그리고 신성 확실히 엄청난 하중을 견뎌 내는 톱니바퀴였다

발락에게서 비롯된 눈과 근육, 2개의 권능.

2개의 드래곤 하트에서 뿜어져 나오는 마나.

바깥에서 보조하는 정령들의 에너지.

차원 미궁에서 습득한 온갖 기술.

그리고 무공.

평범한 인간이었다면 이 중 한 가지도 제대로 가누지 못해 평생을 단련해야 한다.

아니, 권능이나 드래곤 하트는 평생을 단련할 시간도 주지 않을 테지.

하지만 태양의 신체는 저것들을 최대 출력으로 발휘하면서도 버텨 냈다.

이 얼마나 신묘한 조화인가.

동시에 확신했다.

신성을 얻을 수만 있다면, 허공을 아주 오랜 시간 괴롭혀 온 한을 풀 수 있다.

오크 진영의 최강자, 피 튀기는 번개와 다시 한번 결판을 낼 수 있다.

물론 허공의 바람은 그가 태양을 꺾고 신성을 탈취했을 때

이루어질 수 있는 일이었다.

정의행의 오의.

운룡이 펼치는 오의는 이렇지 않았다.

태양의 오의는 명백히 예상 바깥의 위기를 도출시켰다.

"스읍."

서로의 숨결이 느껴질 정도로 극한의 압박 상황.

들이쉰 허공의 숨결에서 비릿한 피 냄새가 났다.

우드득.

마왕에게서 빌려온 근육은 나머지 신체가 감당하기 어려울 정도의 출력을 내뿜는다.

이는 태양이 50층을 넘겨가며 업적을 쌓아 온 허공의 신체 능력을 따라잡을 수 있는 이유였다.

완벽한 자세로 뻗어지는 스트레이트.

허공이 손등으로 쳐 내는 동시에 태양이 왼손을 뻗어 허공의 옷깃을 부여잡았다.

잡혔다고 인지하는 동시에 들어가는 깔끔한 업어치기.

꽈아아아앙.

허공의 몸이 수면에 부딪혀 튕겨 나왔다.

물에 부딪히면 지면에 부딪히는 것보다 충격이 덜할 것 같지만, 사실은 그렇지 않다.

일정 이상의 속도로 부딪히면 오히려 수면에 부딪혔을 때 더 큰 피해를 입는다.

표면장력이 작용하는 물에 비하면 흙으로 이루어진 지면은 푹신한 쿠션이니까.

"쿨럭."

손맛에서 느껴진다.

노회한 고수는 수면에 꽂히는 순간 본능적으로 낙법을 펼쳐 충격을 해소했다.

태양은 곧바로 그라운드로 넘어가려 했지만, 그보다 허공의 손끝에서 기파가 뻗어 나오는 게 먼저였다.

자세를 틀어 허공의 기파를 피해 낸 태양이 다시 달려들었을 때는, 이미 허공이 방비를 모두 하고 난 뒤였다.

'발악.'

긴 리치를 이용한 태양의 앞손 잽.

잽이라지만, 뻗어 낼 때마다 공간에 뒤틀림이 일어날 정도의 위력.

기의 수발이 원활치 않은 허공이 연신 뒷걸음질을 쳤다.

태양이 발악해 가며 끌어 올린 신체 능력은 기껏해야 허공의 반반.

하지만 허공이 밀리는 이유는 있었다.

무공.

창시자로 시작해 역대 계승자들이 자신의 인생을 투자해 세상에 대한 깨달음을 '무예(武藝)'로써 정립하는 격투기.

태양은 악도군의 무공을 보고 순수하게 경탄했다.

하지만 그 감탄은 악도군의 의지, 무공에 담긴 의미에 대한 깨달음에서 오는 감탄이다.

현대 격투기를 연구했던 태양의 입장에서 보는 무공.

마나라는 에너지를 사용하는 부분을 떼고 보면, 결국 무공은 현대 격투기에 비해 효율성과 실전성이 떨어지는 기술에 불과하다.

태양이 고민했던 부분 역시, 마나 운용 측면이 강한 무공의 장점과 실제 움직임이 더 없이 효율적인 현대 격투기를 어떻게 접목시킬 것이냐였다.

물론 일생을 무예를 갈고닦는 일을 하며 살아온 허공의 직접 전투 능력 역시 빠지는 수준은 아니지만, 이쪽으로는 마왕을 갖다 대도 밀리지 않는 존재가 바로 태양이다.

이는 다른 말로 하자면.

"당신, 이렇게 계급장 떼고 붙으면 나 못 이겨. 모르겠어?"

적어도 근접 격투에서만큼은.

절대로 못 이긴다.

후욱.

이격, 삼격.

기어코 가드가 열리고, 허공의 옆구리에 태양의 깔끔한 바디 블로우가 들어갔다.

"쿨럭."

"리버 블로우라는 거예요. 신세계죠? 아, 그 정도는 아니려나."

리버 블로우.

복부. 정확히는 간장을 타격하는 기술.

복근이 단련되어 있는 사람도 타이밍에 맞춰 복근을 조이지 않으면 저도 모르게 침을 흘릴 만큼 고통스러운 통증이 뒤따른다.

뭐, 평생 사람을 때려 패는 연구를 몇 대에 걸쳐 해 온 사람들인데, 이 정도는 이미 알고 있는 정보일지도 모르겠다.

우웅—.

태양이 펼친 '정의행 오의 – 운명의 잔재'가 진동했다.

일시적으로 마나로 작용하는 이적을 온전히 틀어막아 버리게 재 설정된 공간은 허공의 기 수발을 치명적으로 방해했다.

"크윽, 네놈."

허공의 목소리에 열화 같은 분노가 묻어났다.

"왜 그쪽이 화를 내시지?"

처음부터 끝까지 설계해서 엿 먹이려고 해 놓고. 왜, 질 것 같으니까 화가 나나?

마음가짐과는 별개로, 허공은 허무하게 무너져 내리기 시작했다.

정의행의 오의로 인해, 허공의 마나 제어 능력은 평소의 절반 수준이었다.

스킬화에 다다른 기술도 필요 없다.

반면 태양의 움직임은 미증유의 힘으로 가득 차 있다.

통천의 묘리를 담은 태양의 뒷손이 허공의 가드를 뚫고 턱을 흔들었다.

뇌에 타격을 입은 허공의 발이 일순간 꼬이고, 그대로 뻗어지는 다리.

허공이 이를 악물었다.

불괴(不壞).

신룡화(神龍化).

[플레이어 윤태양의 뼈가 마왕 발록의 능력치를 얻습니다.]

"한번 해 봅시다."

콰앙.

강화된 뼈는 권능에 휘감긴 허공의 신체를 때렸음에도 형태를 잃지 않는다.

태양과 허공이 눈을 마주쳤다.

콰앙-!

한 번.

두 번.

태양은 마치 낙무아이가 고련을 거듭하는 것처럼 끊임없이 발을 차올렸다.

콰앙-!

신성이 바람 앞의 불씨처럼 흔들렸다.

콰앙-!

허공의 입가에서 새까만 피가 터져 나왔다.

콰앙-!

근육의 신룡화가 풀렸다.

콰앙-!

허공이 물었다.

"나 하나를 죽이겠다고 네 그릇을 깰 셈이냐."

콰앙-!

다시 한번 발을 차올린 태양이 히죽 웃었다.

그리고.

뻐억-.

허공의 흉부가 그대로 박살 났다.

"미안한데, 난 자살은 취미가 없어요."

허공의 눈에서 생명의 빛이 사그라들었다.

동시에 태양의 신성 역시……

똑딱.

되감기 - 신체를 최상의 컨디션으로 되돌린다. (쿨타임 12시간).

똑딱, 똑딱, 똑딱, 똑딱.

[위대한 기계장치(The Greatest Machinery)]의 태엽이 되감깁니다. (쿨

타임 12시간]

　[플레이어 윤태양의 시간이 1시간 전으로 돌아갑니다. (최대한도 12
시간)]

　후욱.

　태양의 신체가 되감겼다.

　과한 노동으로 간신히 뛰던 드래곤 하트의 활력이 살아나고.

　감당하지 못할 힘이 제집처럼 드나들며 황폐해진 태양의 마
나 회로가 다시 매끈하게 형태를 복구했다.

　그리고 금이 가 부서지기 일보 직전까지 간 영혼의 그릇 역
시, 다시 붙었다.

　허공이 죽어가는 와중에 그 장면을 보았다.

　순간 뇌리에 바싸고가 했던 말이 스쳐 지나갔다.

　-시간이라는 무형의 위대한 가치.

　"……대단한 도박이군. 아무리 차원 미궁에서 얻을 수 있는
아티팩트라지만, 영혼에 직접 입은 상흔까지 치료할 거라고 확
신하다니."

　확신.

　단탈리안에게 물어봤을 뿐이다.

　"당신이 활강하는 매 정도로 강했으면 이거까지 쓸 뻔했는

데, 다행이야. 만약 그랬다면 뒷감당이 난감했을 텐데 말이지."

"……."

"다행이면서, 동시에 실망이야. 당신이 생각보다 그렇게까지 강하지는 않아서. 뭐, 부상당한 탓이겠지만."

태양이 허공을 향해 손을 뻗었다.

말은 그렇게 했지만, 위대한 무인의 마지막에 보내는 예의인가.

허공이 떨리는 손을 필사적으로 들어 올려 태양의 손을 마주 붙잡으려 하는 순간.

"아니, 그거 말고. 징그럽게 왜 이래?"

툭.

태양이 손을 쳐 냈다.

그리고 허공의 신체에서 검붉은색의 연기가 피어올랐다.

바싸고가 넘겨준 권능, 불괴에 담긴 신성이다.

태양의 의도를 깨달은 허공이 저도 모르게 입을 열었다.

"아."

허공이 생의 마지막에 뱉은 말은 한 음절의 단말마였다.

후웅.

돔은 한참 뒤에나 사라졌다.

다행히도 지속 시간이 생각 이상으로 한참이나 길어서 태양과 허공 사이를 잇던 검붉은 연기가 없어지고 나서 사라졌다.

-뭐지? 생각보다 너무 약한데.

-감 떨어진 거지. 당장 컴퓨터 게임도 삼일만 쉬면 실력 떨어지는데.

-그런 건가?

-내상이라고도 했고..

-아니 근데 그렇다기엔 다른 플레이어들이 너무 쎘잖아.

-윤태양이 그사이에 업적을 한 100개 먹은 것도 아니고. ㅅㅂ 말이 안 되지 않음?

-60개 먹긴 함.

-이겼음 됐지, 뭔 말이 많음.

-ㄹㅇㅋㅋ.

-거기에 저거 신성? 루팅 개꿀 ㅋㅋ.

-허공 ㄹㅇ 아낌없이 주는 나무네. ㅋㅋㅋㅋ.

돔이 사라진 후의 전장.

가장 먼저 태양의 눈에 들어온 건 그를 바라보는 악도군의 우묵한 눈빛이었다.

그다음은 전운이 감도는 선상의 분위기.

태양은 곧바로 양손을 들어 싸울 의사가 없다는 의지를 보였다.

"정당방위였어요. 기습이었잖아. 난 진짜 억울해."

물론 말하면서도 알았다.

억울한 상황은 맞고, 이들과의 대립 역시 피할 수 없다.

앞뒤 사정을 아는 플레이어는 없었지만, 아무튼 허공이 태양을 공격했다면 태양은 천문의 적이기 때문이다.

악도군은 대답 대신 내공을 끌어 올렸다.

악도군 역시 이 상황이 태양에게 불합리하다는 사실을 알고는 있었지만, 어쨌든 간 태양은 허공과 전투를 벌였고 허공은 죽었다.

악도군에겐 천문의 대표자로서 태양을 즉결 심판해야 할 의무가 있었다.

"이거 쉴 시간이 없네."

태양이 곧장 버프를 둘렀다.

　[머신 PUNMFV-3000 활성화]

　[마나를 소모하여 근력, 맷집, 민첩 중 하나의 시너지를 선택해 시너지의 등급을 한 단계 높입니다.]

　[맷집의 시너지가 '6'으로 조정됩니다.]

　[스톰브링어(Storm Bringer): 폭풍 소환(暴風 召喚)]

　[폭풍의 정령 군주 아라실이 플레이어 윤태양의 신체에 임합니다.]

후웅.

그때, 소환된 아라실이 물었다.

―적은, 앞의 전사인가?

"왜?"

특유의 듣기 싫은 굉음에 태양이 아라실을 바라봤다.

아라실은 과묵했다.

입을 열었다면 어지간하면 용건이 있을 때뿐이었다.

−반대편에서 강력한 정령 둘이 다가서고 있다.

"어디?"

아라실이 가리킨 방향.

아무것도 보이지 않았다.

−좀 빌리지.

태양의 마나 회로를 통해 마나가 빠져나갔다.

파앙.

"놈!"

심상치 않은 마나 파동에 천문의 플레이어들이 잔뜩 긴장했다.

그리고 아라실의 정령 수하들이 해수면 위에 걸쳐져 있는 베일을 벗겨 냈다.

아홉 척의 범선.

그리고 범선을 감싸고 있는 바람과 화염.

악도군의 얼굴이 굳어졌다.

"이런, 걸렸네."

범선의 엘프가 인상을 찌푸리고.

초열(焦熱).

해수가 들끓기 시작했다.

⁂

불의 정령왕과 바람의 정령왕.

둘에게 이름은 없었다.

불.

바람.

속성을 표현하는 단어가 곧 정령왕의 정체성이기 때문이다.

불의 정령왕이 바람의 정령왕에게 물었다.

"제단은?"

"……반응이 없군."

화르륵.

불의 정령왕이 차지한 엘프의 손가락에서 신경질적인 불꽃이 피어올랐다.

바람의 정령왕이 '쩝' 하고 입맛을 다셨다.

"기대는 했다만…… 이렇게 되는 게 어쩌면 당연한 일일지도 모르지. 초월적인 존재잖나."

"흥. 초월은 무슨."

"그래도 마지막의 소환 주도권은 우리들에게 있으니까."

"그것도 저쪽에서 발을 빼 버리면 성립이 안 되는 일이지."

"내 말이 그 말이다. 적어도 그렇게 되면 손해 볼 일은 없잖아?"

불의 정령왕이 발칵 성질을 냈다.

"왜 없어? 하이 엘프 하나를 통째로 태웠는데!"

"어차피 반푼이였어."

"우리가 지금 윤태양을 죽여 버리면 소환에 성공한다 해도 놈은 우리 마음대로 움직여 주지 않을 거다. 그게 손해가 아니면 뭐야?"

바람의 정령왕이 어깨를 으쓱였다.

흰색의 뽀글머리가 얄밉게 흔들렸다.

"그거야 상황을 만들기 나름이지."

백 퍼센트 원하는 방향으로 조종할 수는 없겠지만, 원하는 곳에 뿌려 놓는 핵폭탄은 될 수 있을 거라는 게 바람의 정령왕의 예상이었다.

"그는 인간을 지독히도 싫어하잖아. 인간 진영에 소환하기만 하면 어떻게든 날뛰어 줄 거다."

적어도 한 번은 사용할 수 있는 대(代) 인간 전용의 학살 병기.

바람의 정령왕은 그렇게 생각했다.

"잡담은 이만하고…… 일부터 끝내지."

불의 정령왕이 전방의 바다에 고갯짓했다.

초열지옥(焦熱地獄)이 되어 김이 펄펄 올라오는 바다를 향해 바람의 정령왕이 팔을 휘둘렀다.

후우우웅.

"크으으으으윽! 불이 옮겨 붙는다!"

"마법진! 아티팩트를 펼쳐라!"

"바람! 바람이 불을 옮긴다! 내기를 차단해야 해!"

삽시간에 이루어진 난장판에서 악도군과 태양이 서로를 바라봤다.

"……마나 유동이 드래곤보다 더한데?"

"왕급 정령이다. 그것도 둘."

상황 판단과 함께 우선순위가 정해진다.

허공의 목숨.

분명 무거운 명분이나, 은원을 가지고 실랑이를 하는 것도 목숨을 부지한 다음에 따져야 의미가 있다.

여기서 복수하겠답시고 태양과 대립한다면 엘프 진영에게 몰살당하는 결말뿐이다.

악도군의 판단은 빠르고, 동시에 이성적이었다.

"무령, 군을 지휘하라. 인양에 내려간 인원을 최대한 빨리 불러들이고, 범선은 포위당하지 않도록 최소한의 조치를 끊임없이 취하라. 돛은 접어 두는 게 좋겠군. 불과 바람이다. 돛을 펴면 저쪽에서 주도권을 잡을 거야."

"천안부장님께서 지휘하지 않으시는 겁니까?"

"왕급의 정령이다. 내가 아니면 막을 사람이 있다고 생각하나?"

허공이 건재했다면 허공이 했겠지만, 지금은 없다.

신킨의
원코인
클리어

지나간 일은 빠르게 털어 내야 했다.

그렇지 않으면 차원 미궁에서 플레이어로 생존할 수 없으므로.

"나와 윤태양이 왕급 정령을 하나씩 맡지."

무령은 대답하는 대신 고개를 숙였다.

솔직히 그로서는 장문을 죽인 원수와 합동해서 적을 상대하자니 의아스러운 마음이 더 컸다.

"태양, 너와 내가 하나씩 맡아야 할 것 같다."

"그럼 제가 불."

"그래. 내가 바람을 맡지."

두 정령왕을 제외하고서라도 범선만 아홉 척.

주저하는 마음이 생길 법도 한데, 악도군은 곧바로 범선을 향해 뛰어들었다.

두 왕급 정령과 싸울 때 형성될 전장이 천문의 범선 주변이 된다면 파괴를 면할 수 없다.

육지는 멀고, 이왕이면 범선을 지키는 쪽으로 움직이는 게 현명했다.

철퍽, 철퍽.

태양과 악도군이 동시에 수면을 밟으며 뛰었다.

그리고 곧 악도군의 얼굴에 의구심이 깃들었다.

"왜?"

똑같은 플레이어이건만, 수십의 엘프 병사들이 악도군에게만 달려든 탓이다.

순식간에 개떼처럼 몰려든 엘프 병사들이 악도군의 발걸음을 붙잡았다.

그리고 그제야 악도군은 엘프 진영의 노림수를 깨달았다.

'윤태양!'

처음부터 놈들은 윤태양 하나만을 사살하기 위해 왔다.

"이런, 독박 쓰게 생겼네."

졸지에 두 정령왕과 대치하게 된 태양이 머리를 쓸어 넘겼다.

당황하진 않았다.

반쯤은 예상한 일이었다.

하지만 그럼에도 불구하고 이렇게 할 수밖에 없었다.

악도군, 태양.

그리고 나머지 플레이어들.

누구 하나가 일 인분을 해내지 못하면 패배하는 전장이라는 사실을 알았기 때문이다.

─무리하지 말고, 최대한 시간 끌어. 밑에서 올라오고 있으니까.

"이미 오늘치 무리는 다 했어. 하고 싶어도 못 해."

아니, 그것도 아닌가.

사실 무리란 하고 싶어서 하는 게 아니라 해야만 하는 상황에 억지로 하는 종류의 것이다.

신컨의
원코인
클리어

엘프 하나가 고개를 끄덕였다.

"네가 윤태양인가. 확실히, 혼의 질이 다른 녀석들과는 차원이 다르군."

말하는 엘프의 뒤에 넘실거리는 불꽃이 본인의 속성을 대변한다.

불의 정령왕이 태양을 보며 전의를 불태우는 사이, 바람의 정령왕의 얼굴은 놀람으로 휩싸여 있었다.

윤태양의 주변을 맴도는 정령 때문이었다.

"아라실?"

-날 아나?

"모를 수가 없지. 폭풍의 정령 군주. 당신이 왜…….."

-이런. 난 너를 모른다. 넌 누구지?

후웅.

일순간 반투명하게나마 형체를 드러내는 아라실.

바람의 정령들이 다가가려 하지만, 폭풍의 정령들은 그들을 밀어냈다.

바람의 정령왕이 흰색 뽀글머리를 흔들며 말을 이었다.

"모르는 게 정상이다. 당신이 한창일 때 난 나비의 날갯짓에서 잉태한 신생 정령이었으니까. 게다가 같은 차원도 아니고."

-같은 차원이 아닌데, 날 안다고? 고작 신생 정령 따위가?

"바람의 정령이라면 모를 수가 없다. 계약자나 인형 없이 정령의 힘으로 한 차원을 지배한…… 초월에 가까운 존재가 바로 당신이었잖나."

─그건 부정할 수 없는 사실이군.

"영광이야. 위대한 선배를 이런 자리에서 만나다니."

─…….

아라실이 대답이 없자 바람의 정령왕이 시원하게 웃었다.

"하하. 이거 뜻밖의 수확이네. 폭풍의 정령 군주 역시 차원 미궁에 있었다니."

─너는 나에게 호감이 있는 건가?

"없을 수가 없지. 그렇지 않나 불?"

"뭐, 그렇지."

실상 다른 속성의 정령이 인정할 정도.

아라실이 본인의 유명세를 모르는 이유는 간단했다.

마왕에게 차원을 헌납하고 미궁에 틀어박힌 바람에 피어난 명성을 체감할 기회가 없었기 때문이다.

아라실이 물었다.

─그쪽이 나에게 호감이 있다면…… 내 계약자를 그냥 보내 주지 않겠나? 보시다시피 난 이쪽에 묶인 몸이라.

"이런. 그건 불가능해. 그냥 우리와 함께하는 게 어때? 보시다시피 우린 자유거든. 이런 이기적인 생명체와 불합리한 계약을 맺는 건 멍청한 짓이야. 아, 당신은 모르겠군. 엘프라는 대체재가 있다. 현실 간섭은 그들을 통해서 하는 게 현명하다."

─엘프.

"그래. 배양에 성공한 정령의 인형이지. 매개가 없이는 중간 계에 간섭하지 못하던 시절은 이제 끝이야. 정령이라는 태생의 한계를 벗어나기 위해 노력했다는 걸 안다. 여기 그 결실이 있 다. 우리와 함께한다면 너도 자유야."

─그래. 나도 봤다. 품종을 개량하기 위해 꽤나 수고를 들였을 것 같더군.

"봤는데도 왜…… 하긴. 계약이란 그런 거지."

바람의 정령왕이 이내 고개를 끄덕였다.

"내가 당신을 자유의 몸으로 만들어 주지."

물론 그건 아라실의 상황을 모르기 때문에 할 수 있는 이야 기였다.

아라실은 태양과의 계약이 마지막 기회다.

불의 정령왕이 우득 우득 고개를 꺾었다.

"뭐, 할말 다했으면 가지. 피차 길어져서 좋을 건 없잖아? 지금쯤 최전선에서 오크 녀석들만 살판이 났을 거라고. 흙이랑 물이 쌍으로 징징거리는 상상 하니까 눈앞이 벌써 막막하네."

딱.

손가락을 튕기는 동시에 태양이 머리를 젖혔다.

푸화하하하학!

본래 태양의 머리가 위치했던 좌표에 수백 번의 밀집된 화 염 폭발이 일어났다.

심지어 폭발은 정확히 태양의 머리 크기만큼만 영향을 끼쳤다.

"감이 좋군."

공격을 완벽하게 흘려냈건만, 태양의 콧잔등은 찌푸려져 있었다.

최근 정도 이상의 실력자들을 만나며 날카롭게 벼려진 감각이 아니었다면 손 하나 깜빡해 보지 못하고 당할 뻔했다.

"그럼 다시."

긴장감 없는 빨간색 엘프의 목소리.

태양이 곧장 몸을 날렸다.

공격은 최선의 방어.

두 정령왕이 무차별적으로 퍼붓는 공격을 견제 없이 허용하면 이길 승산은 없다.

쿠웅.

진각 이후 탄력적으로 쏘아져 나간다.

동시에 바람의 정령왕이 딱- 손가락을 튕겼다.

"살벌해라."

동시에 태양의 몸체가 불타올랐다.

공기의 마찰력을 극대화시킨 탓이다.

움직이는 것만으로 피해를 강요하는 사기적인 기술.

6시너지에 달한 맷집과 권능을 통해 강화한 피부가 아니었다면 눈 뜨고 당할 뻔했다.

"따끔하네."

신컨의
원코인
클리어

유성처럼 쏘아진 태양이 순식간에 불의 정령왕에게 도달했다.

파아앙!

전방위로 터져 나가는 화염.

이번에도 태양은 피하지 않았다.

피하는 대신 골반을 뒤틀며 다리를 뻗어 올렸다.

스타버스트 하이킥(Starburst High Kick).

"그렇게는 안 되…… 어?"

지켜보던 바람의 정령왕이 다시 한번 손가락을 튕겨 태양을 제지하려 했지만, 그사이에 태양과 바람의 정령왕 사이에 개입한 아라실이 끼어들었다.

바람의 정령과 폭풍의 정령 간에 팽팽한 공간 주도권 싸움이 일어났다.

이는 곧 태양이 효과적으로 견제를 떨쳐 냈음이다.

퍼억.

한때 불의 정령왕이었던 엘프의 머리가 수박처럼 터져 나갔다.

-뭐여, 생각보다 ㅈ밥이네?

-정령 모름?

-뉴비쉐ㅋ...

맞다.

실제로 의미 없는 짓이다.

정령은 정신체고, 엘프라는 종족의 유기체를 그릇으로 삼아 꼭두각시 인형 노릇을 하듯 조종하는 존재다.

어느새 새로운 육신에 강신한 불의 정령왕이 뒷목을 붙잡고 휘청휘청 꺾었다.

"매섭네."

말은 짐짓 떠는 듯하지만, 태도는 껄렁하기 그지없다.

안면에 드러난 미소에는 자신감이 가득 차 당당했다.

―이걸 어케 잡음?

―못 잡음. kk랑 다른 사람들도 정령은 못 잡았음. 엘프 숫자 줄여서 밀어내는 것밖엔 없음.

―밸런스 ㅈ망...

―윤태양도 ㅈ망이라 할 말이 없네.

―뭔 개소리야. 그래도 윤태양은 저따위로 사기는 아님.

―마왕들은 이거보다 세다는 건가.

―약하겠냐?

―말투 씹...

재개되는 전장.

구도는 아라실이 바람의 정령왕을 견제하는 사이, 태양이 불의 정령왕과 싸우는 형태였다.

전투가 지속될수록 태양은 한계를 느꼈다.

일차적인 문제는 태양의 마나량이었다.

두 개의 드래곤 하트가 뿜어내는 마나는 범인이라면 상상할 수 없을 정도로 많다.

하지만 폭풍의 정령 군주 아라실은 결코 연비가 좋다고 말할 수 없는 마나 사용처였다.

게다가 무려 바람의 정령왕을 상대하는 데 사용하는 마나는 말 그대로 천문학적이었다.

거기에 권능을 통해 소비되는 마나까지 생각하면 이런 부침 은 당연했다.

반면 악도군은 정령과 엘프들의 육탄 공격에서 헤어 나오지 못하고 있었다.

악도군의 전장 이탈을 막기 위해 목숨까지 서슴없이 던져 대는 엘프들의 행태는 기량 이상의 까다로움을 제공했다.

태양이 머리를 쓸어 넘겼다.

"답은 또다시 권능 중첩뿐인가?"

-뒷감당이 어떻게 안 되잖아. 이젠 위대한 기계장치도 없는데.

뭐라 대답하려던 태양이 그대로 몸을 날렸다.

화르르르륵.

태양이 자리하던 위치 좌표가 그대로 홍염의 불씨에 휩싸였 다.

불의 정령왕이 새까맣게 말라비틀어진 오른손을 흔들며 상쾌하게 웃었다.

"이야. 이것도 피해? 진짜 짐승 수준이네."

바람의 정령왕이 중얼거렸다.

"불. 빨리 끝내자고 한 건 너야. 그만 놀고 끝내지."

"아아."

후욱.

불의 정령왕이 멋대로 점유한 엘프의 신체 전반이 새까맣게 물들었다.

구체적으로 어떤 상황인지는 모르겠지만, 엘프의 몸에는 좋지 않아 보였는데 정령왕들은 상관하지 않는 듯했다.

후욱.

바람에 불꽃이 섞인다.

"좋지 않은데."

애초에 공기와 불은 상호 보완 관계다.

화염이 일어나기 위해선 산소가 필요하고, 그 산소는 결국 바람 안에 종속된 구성 요소이기 때문이다.

그리고 바람 역시 열이 만들어 내는 대류 현상을 통해 바람은 생기를 얻는 법이다.

바람의 정령왕과 불의 정령왕이 힘을 합친다면?

당장 1+1도 몸이 떨릴 정도의 스케일이다.

시너지라도 난다면 상상하기 끔찍한 결과물이 나타나리라.

그리고 태양의 예상은 틀리지 않았다.

"태양이라고 아시나?"

"이거야말로 진짜 초월에 가까운 기예지."

동그랗게 말린 불의 공.

주변 마나가 실시간으로 연소되어 강제 마나 공진 현상을 만들어 낸다.

그럼에도 태양 자체는 바람이 끌고 들어오는 마나를 통해 제 덩치를 키운다.

아태양(亞太陽) 50%.

"땅이랑 물이 없어서 반푼이짜리이긴 하지만 말이야."

기하급수적으로 커지는 재앙.

태양은 본능적으로 저것이 마주 대적할 수 있는 종류의 물체가 아니라는 사실을 깨달았다.

그때, 사위가 어두워졌다.

이클립스(Eclipse).

그래비티 포커스(Gravity Focus).

후우우우웅.

동시에 치솟는 물보라.

반쯤 솟아난 커다란 파도 사이에서 방패를 서핑보드처럼 타고 다가오는 별림이 보였다.

"너?"

"이번엔 내가 구한다!"

당황한 바람의 정령이 채 대응을 하기도 전에, 별림이 허공의 허리를 낚아챘다.

동시에 떨어져 내리는 태양이 파도를 모조리 기화시켰다.

소금기 가득한 분무가 태양과 별림을 뒤덮고.

스모크 매직 : 미스트 게이트(Mist Gate).

치이이이이이이익!

이글거리는 열기를 온몸으로 받은 해협의 바다만이 앓는 소리를 낼 뿐이었다.

태양이 황급히 주위를 둘러보았다.

발에 딛고 있는 건 분명 선박이건만, 주변에 보이는 배경은 바다 내부다.

해저.

바람의 힘도 없이 어디론가 이동하고 있었다.

"인양선?"

"그래."

살로몬이 범선에 형성된 공기 방울 바깥으로 팔을 뻗어 배를 까뒤집은 물고기 하나를 집었다.

정령왕의 겁화가 가열한 해수 덕분에 물고기는 당장 입속에 밀어 넣어도 문제가 없을 정도로 익어 있었다.

"태양이 태양을 죽이려 하다니. 아이러니하군."

"지금 농담 따먹을 때야? 한시라도 빨리 대처 방법을 찾아야 하는데."

신의
원코인
클리어

태양이 인양선을 둘러봤다.

운룡을 비롯해서 천문의 플레이어들이 잔뜩 탔던 인양선이다.

하지만 내부에는 아무 인적이 없었다.

그리고 전투의 흔적은 있었다.

엉망으로 찢어진 돛.

여기저기 부서진 바닥.

럼주인지 핏줄기인지 모를 흥건한 붉은색 액체.

그리고 거친 마나 잔재.

"나머지는?"

"싸우러 올라갔어. 천문 소속이잖아. 살로몬이 게이트를 열어 줬지."

메시아가 창백한 손으로 머리를 매만지며 대답했다.

"싸운 흔적이 있는데?"

"설명하자면 길어."

"음."

확실히 배에 남은 흔적들은 말로 설명하기엔 시간이 부족할 것 같기는 했다.

눈을 감고 정신을 집중하던 란이 퍼뜩 중얼거렸다.

"오고 있어. 곧 도착."

동시에 배가 나아가는 속도가 빨라졌다.

란이 풍술을 통해 조종하고 있는 모양이었다.

인양선이 여전히 바다 밑에 있는 이유가 이해가 갔다.

이렇게 해저 밑에서도 영향력을 발휘할 수 있다면 수면 위로 올라갈 이유가 없다.

란의 풍술이 아무리 대단하다고 하더라도 바람의 정령왕에게서 주도권을 얻어 낼 수는 없을 테니까.

차라리 해류를 읽어 내 이동속도에 보정을 받는 게 현명한 판단이다.

태양은 재빨리 아라실을 소환해 그녀의 풍술을 보조했다.

마나를 회복하는 것도 중요하지만, 그만큼이나 육체가 쉴 시간을 만드는 것도 중요했기 때문이다.

배를 조종하는 동시에 정보 수집까지, 혼신의 멀티태스킹을 하던 란이 짓씹듯이 중얼거렸다.

"천문 쪽에서 견제가 적극적이지 않아."

"엘프 진영의 목표가 윤태양이라는 사실을 안 거야. 암묵적으로 손속을 덜 낸 거지."

─어쩐지. 일부러 그런 거였네. 악도군이 왜 엘프 몇을 못 떨쳐 내나 했다.

─욕할 건 없지. 자기들도 살고 싶어서 그런 건데.

─우리가 욕 못 할 이유도 없지. 자기들 살고 싶어서 의리 안 지키는 건데.

─욕하든가 ㅅㅂ.

-왜 나한테 욕함 ㅅㅂ?

태양이 후욱- 한숨을 내쉬며 자리에 주저앉았다.

직전까지의 거친 일정은 짧은 시간이라도 휴식을 필수적으로 요했다.

"저쪽에서 엘프 수급을 막아 줘야 그나마 할 만할 텐데. 움직임이 미온적이라니 아쉽네."

-정령이 강신한 엘프들은 효율이 좋지 않아. 최대한 시간을 버티면…….

"그러기엔 너무 많잖아."

정령을 직접 타격할 수 있으면 좋을 텐데.

태양이 중얼거렸다.

란, 살로몬, 메시아, 별림.

대답은 없었다.

당연한 이야기지만, 이제까지 정령을 직접 때려잡는 해결책은 인간 진영 플레이어 역사상 나온 적이 없었다.

-아니, 있다.

귓가에 거슬리는, 동전으로 철판을 긁어 내는 듯한 목소리.

다섯 플레이어가 동시에 인상을 찌푸렸다.

"아라실?"

-할 수 있다.

"뭐? 정령?"

－기억하나? 나랑 계약하면 지금처럼 바람 정령을 일시적으로 지배하는 것뿐 아니라 다른 지평도 보여 줄 수 있다고 말했었지.

태양이 입을 떡 벌렸다.

솔직히 이야기하자면 기억나지는 않았다.

"다른 지평. 그 다른 지평이라는 게 정령을 잡을 방법이라는 이야기야?"

－정령화. 들어 본 적 있나?

지구 출신 플레이어가 들어본 적이 있을 리가.

슬쩍 보니 란과 살로몬 역시 모르는 눈치였다.

－간단하게 이야기하자면 네 육신과 영혼. 그리고 내 영혼을 일시적으로 뒤섞는 거다.

그에 반응한 건 살로몬과 란이었다.

"미친."

"그게 이론적으로 가능해?"

"가능은 하지. 빌어먹을. 태양. 지금 아라실은 네 육신을 잡아먹기 위해 수작을 부리는 거다."

얼마나 흥분했는지, 살로몬이 물고 있던 담배가 끊어졌다.

"육신은 그렇다 치고, 영혼이 뒤섞이는 게 문제다. 이건 뒤섞이는 순간 인격의 주도권 문제로 넘어갈 거야. 더 강한 자아가 약한 자아를 잡아먹을 거다."

"뭐?"

"만약 둘의 자아가 엇비슷하고, 서로가 서로에게 나쁜 마음

신킨의
원코인
클리어

을 먹고 있지 않다면 성공적으로 뒤섞인 후 해체될 수 있다. 하지만 네 자아가 아라실의 자아에 짓눌려 버린다면……."

─일시적으로 윤태양이라는 인격이 사멸하는 거지. 이건 나에게도 도박이다.

란이 고개를 저었다.

"아니. 도박이 아니야. 일방적으로 너에게 유리한 상황이지. 네 자아가 작거나 비슷해도 잃는 게 없잖아."

거친 목소리라 범선 위에 퍼져 나갔다.

─아니, 잃는 건 많다. 만약 윤태양의 인격이 일시적으로 사망하면, 윤태양과 나의 계약은 깨진다.

"깨지면 너에게는 좋은 거 아니야?"

"아."

태양이 그제야 고개를 끄덕였다.

태양과의 계약.

태양과 다른 플레이어들에게 지금 목숨이 마지막이듯이 아라실에게도 지금이 마지막 기회, 마지막 코인이다.

"너도 죽고 나도 죽는 선택지네. 최악의 경우엔."

─그래. 그렇기에 지금까지 말을 꺼낼 수가 없었다.

"하지만 지금은…… 이거라도 하지 않으면 죽으니까?"

─그래. 그리고 믿어 볼 만한 요소가 한 가지 더 생겼다.

"믿어 볼 만한 요소?"

─신성.

신성은 영혼을 보조한다.

더 정확히는, 청신과 육신의 격을 동시에 끌어 올린다.

-신성을 사용한다면 가능성이 있다.

부글부글.

해수가 달아오르는 게 느껴졌다.

또한 인양선의 위에 그림자가 어른거렸다.

정령왕과 엘프 진영의 범선이 머리 위에 다다랐다는 증거다.

아까는 살로몬의 공간이동 마법을 통해 일시적으로 그들의 영역에서 벗어났지만, 이번에는 불가능했다.

이동할 곳이 없기 때문이다.

망망대해.

태양 일행에게 남은 선택지는 전투뿐이었다.

"바람의 정령왕은…… 내가 막을게."

"되겠어?"

태양이 란을 바라봤다.

풍술.

바람의 정령.

바깥에서 보기엔 수직 상성처럼 보였다.

풍술이란 애초에 바람을 다루는 기술이다.

정령이란 바람 그 자체.

대항이 가능할까.

"물론 이길 수는 없어. 하지만 시간은…… 벌 수 있을 거야."

태양은 곧 의심은 털었다.

란은 할 수 없는 걸 하겠다고 버틸 사람은 아니다.

차라리 포기하고 도망가자는 이야기를 할지언정.

태양과 란만 남은 범선.

란이 눈을 감고 정신을 집중했다.

부그르르르르르.

갈고 닦은 풍술에 대응해 움직인 공기가 해류에 간섭한다.

펄럭.

란이 부채를 펼치고자 주변의 모든 물체가 파동을 머금고 떨렸다.

후욱—.

살로몬과 메시아, 별림은 더스트 게이트를 통해 수면 위로 올라갔다.

엘프들의 범선을 견제해야 했기 때문이다.

죽음이 난무하게 되어 버린 바다 밑으로 침잠하는 2개의 거대한 존재감.

저 중 하나를 저 혼자 온전히 감당해야 한다는 사실에 란은 저도 모르게 몸을 떨었다.

'이길 생각은 없어.'

다만 버틴다.

풍술사로서 느끼기에, 작금의 순간은 가혹하기 그지없다.

그녀의 기량이 풍술의 정점에 닿지 못하면 그대로 끝장이다.

후욱

란은 짧은 순간 동안 그녀의 삶을 되짚었다.

차원 미궁에 들어서기 전, 창천 차원에서의 란의 인생은 곤륜산에서 풍술사를 만나며 시작했고, 풍술을 배우고, 그들과 교류하는 것으로 지속되었으며 곤륜산을 내려와 차원 미궁에 들어오면서 끝났다.

적어도 그녀의 인생 중 8할은 풍술에 소비했다.

'할 수 있어.'

휘오오오오.

그녀의 단전에 미약한 회오리가 피어오르기 시작했다.

회오리의 근원은 그녀의 진원진기다.

그녀의 스승이 보았다면 호되게 경을 쳤을.

그리고 다른 풍술사들이 보면 이마를 짚고 고개를 절레절레 저었을.

바람과의 친화력을 매개로 사용하는 풍술.

풍술사의 생명이 깎아 내 가며 사용하는 도술.

아니, 그것보다 더 원시적인 기원을 올리는 제(祭).

비술(祕術) – 인신공양(人身供養).

풍술사의 몸을 매개로 하는 비술.

시전자는 반드시 죽지는 않지만, 반드시 치명적인 타격을 입는다.

높은 확률로 그녀는 미궁을 더 오르지 못하게 될지도 모른다.

그 사실을 알면서도 그녀는 풍술을 준비했다.

태양.

거칠고 똑똑한 살로몬과 어딘가 섬뜩한 동시에 또 누구보다 든든한 메시아. 그리고 만난 지 얼마 되지 않아 친해지진 못했지만, 친해지고 싶은 새 동료 별림.

그들이 죽는다면 많이 아쉬울 것 같아서.

화르르르르르.

분명 바람의 비원이건만, 그 근원은 마치 불처럼 타오르는 감각이다.

고대 시절, 창천의 인간이 바람에게 처음으로 보낸 부탁은 한 가지다.

인간의 힘으로는 항거할 수 없는 거대한 자연재해 앞에서, 인간들은 가족과 친지의 몸에서 피를 뽑아내며 기원했던 주제.

바람이여.

멎어 주세요.

그 화를 내려 놓아주세요.

그녀를 발견한 바람의 정령왕이 사납게 웃었다.

"불. 먼저 내려가라."

"뭐?"

"말 그대로야."

2개의 거대한 존재감 중 하나의 방향이 미세하게 틀어진다.
'성공했네.'
안도와 걱정.
짧은 상념이 스치고, 태양은 곧바로 전투를 준비했다.

　[신룡화(神龍化)]
　[플레이어 윤태양의 심장이 마왕 발록의 능력치를 얻습니다.]

심장.
그리고 비늘.
비늘을 선택한 이유는 상대가 정령이기 때문이다.
용의 비늘은 모든 마법적인 공격에 면역이 있다.
발락의 비늘은 정령왕의 수작도 효과적으로 막아 내리라.
정의행의 오의를 사용하는 것도 좋았겠지만, 솔직히 태양이
확신할 수가 없었다.
본능적으로 세계의 법칙을 잠시 조작해 내기는 했지만, 정령
왕이라는 상대에게서도 그게 가능할지는 모르는 일이니.
그리고 오의를 다시 펼치더라도 태양은 저번처럼 사용하지

않을 생각이었다.

후우우웅.

아라실의 존재감이 짙어지고, 심장은 손가락 말단까지 터질 듯한 마나를 선사한다.

명백히 신체에 무리가 가는 감각.

'아니, 저번보단 조금 더 나은가.'

몸도. 영혼도. 저번보다는 버텨지는 느낌이었다.

허공을 잡고 그에게서 비롯된 신성을 흡수했기 때문일까.

정확한 역학 관계를 짚어 낼 수는 없지만, 왠지 그런 것 같았다.

간다.

투웅.

태양이 쏜살같은 몸놀림으로 해수를 가른다.

한 번도 겪어본 적 없는 수중 격투.

태양의 움직임은 거침이 없었다.

애초에 초월의 격에 한없이 가깝게 다다른 태양의 움직임은 고작 물이라는 환경이 방해할 수 있는 수준이 아니었다.

화르르르르륵.

해수가 일순에 기화되고, 커다란 폭발이 태양의 몸을 강타했다.

태양은 피하는 대신 몸을 들이밀었다.

이를 악문 태양의 입에서 미량의 혈액이 흘러나왔다.

피하면 피할 수도 있었을 테지만, 군이 그러지 않았다.

그 대가로 얻은 것은, 불의 정령왕(이 깃든 엘프)와의 짧아진 간격.

'속전속결.'

전투가 길어질수록 기량 차이는 전황에 드러난다.

태양의 상태는 물론이고, 란 역시 무리하고 있다.

나머지 일행 역시 마찬가지.

두 번째 불꽃이 터져 나왔지만, 이번에는 막아냈다.

태양이 아니라 아라실이 한 일이었다.

일시적으로 산소 공급을 차단해 불을 죽인 것이다.

두 번도 먹히지 않을 노림수다.

왕급 정령이 산소만 먹고 자라는 불 말고 다른 불을 만들지 못할 리가 없으니.

"잔재주를!"

그리고 좁힌 거리.

굳센 주먹이 불의 정령왕의 골통을 쳐부쉈다.

놈은 저항하지 않았다.

애초에 위에 있는 다른 엘프의 몸으로 갈아탈 생각이겠지.

효율 면으로 봐도 태양에게 클린 히트를 두 번이나 먹였으니 엘프 하나의 목숨값으로는 충분하다는 계산이다.

"유감이야. 진짜 잔재주는 이쪽이거든."

[폭풍의 정령 군주 아라실이 플레이어 윤태양의 영혼과 결합합니다.]

태양의 신체가 일순간 투명해졌다.

마치 정령처럼.

골통을 부순 태양이 곧장 허공에 손을 뻗었다.

후우우웅.

태양의 장심을 중심으로 해수가 소용돌이를 만들었다.

정령왕조차 예상하지 못한 뜻밖의 인력(引力).

터업.

반투명한 태양의 손아귀에 역시 반투명하고, 붉은 무언가가 잡혔다.

-무, 무슨!

모닥불이 타오르는 듯, 따닥거리는 노이즈가 섞인 불의 정령 왕의 목소리가 해저를 울린다.

치이이이이익.

용왕의 비늘을 둘렀건만, 손가락이 실시간으로 녹아내리기 시작했다.

치솟는 작열통에도 불구하고 태양은 손을 떼지 않았다.

죽인다.

죽여야 한다.

지금, 반드시.

꾸욱—.

태양의 오른 주먹에 굵은 힘줄이 뻗어 올라왔다.

역천지공(逆天之工)—파천(破天).

3층과 4층 사이, 단탈리안의 처소.

단탈리안이 수정구를 통해 태양을 바라봤다.

지금이다.

시기는 좀 이르지만, 개화하기 최적의 조건.

수정 속, 정령화한 윤태양의 의식은 고양되기 시작했다.

또한 영혼 안에 박혀 있는 신성이 밝은 빛을 내뿜어내기 시작했다.

"완벽하군."

태양에게 잠재된 권능의 조각들이 공진하기 시작했다.

킹 오브 피스트 시절부터 익혀 온 격투 기술.

그동안 차원 미궁의 플레이어로서 쌓아 온 업적.

폭풍의 정령 군주 아라실, 시간을 다루는 아티팩트 위대한 기계장치, 불의 정령왕의 핵, 정의행, 파천.

거기에 더해서.

태양의 몸에 녹은 발락의 신성.

단탈리안의 신성.

활강하는 매에게서 얻어 낸 바르바토스의 신성.

거래를 통해 빼앗은 푸르카스의 신성.

허공에게서 적출한 바싸고의 신성.

태양의 신성.

위대하고 대단하고 별것 없는 수십과 수백과 수천이 어지럽게 뒤섞여 하나로 수렴한다.

태양이 기어코 초월자의 경지에 발을 딛는 순간이었다.

다리를 꼰 채 하얗게 웃으며 수정을 시청하는 단탈리안의 어깨에 새하얀 손가락 뼈마디가 올라왔다.

달그락.

"바싸고?"

"직접 보는 건 오랜만인가."

화르르륵.

시퍼런 귀화가 활기차게 타오른다.

동시에 붉은 표지의 책이 격정적으로 제 페이지를 넘겼다.

파라라라라락.

바싸고의 검정색 로브가 거칠게 흔들릴 정도의 마나 유동.

바싸고가 앙상한 두 팔을 들어 올려 전투 의사가 없음을 표현했다.

"섭섭하군. 이렇게 민감하게 반응할 것까진 없잖나."

"초대한 적 없는 손님은 경계가 우선인 법이지요."

"손님이라니. 우리는 차기 마왕의 '공동 창작자' 아니었나?"

단탈리안의 이마에 힘줄이 돋아났다.

"지금 고작 신성 한 줌 가지고 지분을 주장하시겠다는 겁니까?"

"이런. 안 되나? 단탈리안. 자네가 그렇게 속이 좁은 줄 몰랐는데. 남에게는 넓은 아량을 강요하지 않았나. 특히 바르바토스에게."

"하."

"자네가 부인해도 소용없어. 차기 마왕의 신성에 내 흔적이 고스란히 박혀들어 갔다는 사실은 누구도 부정할 수 없는 진실이니까. 아니, 애초에 그런 허울뿐인 명예에 집착하는 성향이 없었나 자네? 아, 미리 말해 두지만 나는 집착하는 성향이네."

제3계위 마왕답지 않은 바싸고의 가벼운 언사.

명백한 조롱이다.

책에서 두꺼운 쇠사슬이 뿜어져 나오려는 찰나.

"이런 식의 우군이라도 필요할 텐데."

까드득.

바싸고의 앙상한 손가락뼈가 서로 마찰하자 단탈리안의 서책에서 튀어나오던 쇠사슬이 그대로 가루가 되어 바스러졌다.

"단탈리안, 위험천만한 일이었어. 자네는 필요 이상으로 많은 적을 만들었네."

"아뇨. 감당할 수 있습니다."

"다른 마왕들은 더 이상 두고 보지 않을 거야. 차원 미궁
은…… 망가지지는 않겠군."

"예. 태양은 제가 손을 너무 많이 써 버려서 예외 개체로 인
정받을 테니까요."

"하지만 새로운 경쟁자가 진짜로 탄생해 버렸으니 진심으로
덤벼들 걸세. 자네에게."

알고 있는 사실이었다.

그리고 그런 마왕들일지라도, 곧장 태양을 잡아 죽이기 위해
차원 미궁을 망가뜨리지는 못한다.

그렇게 하기에 차원 미궁은 너무 많은 품이 든 프로젝트였으
니까.

명예보다 실리를 따지는, 비교적 잠잠한 마왕들이 잠잠히 있
을 수 있는 이유이기도 하고.

그렇다면 그 화는 누구에게로 돌아올까?

답은 간단하다.

태양이라는 마왕을 탄생시킨 주범.

단탈리안이다.

"단탈리안. 나는 바싸고일세."

"압니다."

"그리고 지금, 나는 자네에게 조언하고 있어."

가장 아는 것이 많은 마왕이 단탈리안에게 안위를 걱정하라 이른다.

이 말뜻은 무엇인가.

단탈리안이 히죽 웃었다.

"바싸고. 당신은 어떻습니까?"

"뭐가 말인가?"

"왜 당신은 다른 마왕들처럼 저를 배척하려 들지 않죠?"

바싸고가 제 로브를 매만졌다.

"나야 잃을 게 없기 때문일세."

단탈리안은 변화의 핵이다.

제71계위라는 밑바닥에서 치고 올라와 고착화된 마왕 사회의 바닥을 뒤엎어 버리려는 혁명 세력의 수장이다. 그리고 다른 말로 표현하자면, 맑은 물을 뿌옇게 미꾸라지다.

"나의 통찰은 세상이 흐릴수록 가치가 오르는 법이거든."

변수가 많아질수록 처리해야 할 정보량이 늘어나고, 그러면 올바른 판단을 하기 어려워진다.

단탈리안이 히죽 웃었다.

공격적으로 제 속살을 내보이던 서책이 턥— 하고 덮혔다.

"오만하시군요. 이미 당신은 충분히 높은 자리에서 그 가치를 평가받고 있지 않습니까. 더 오를 수 있다고 생각하시는 겁니까?"

"자네만 하겠나."

"저런. 당신의 탐색은 위대하지만 완전하지는 않습니다. 너무 과신하시는군요."

"단탈리안, 자네가 윤태양을 초월시키고 가장 처음으로 시킬 게 무엇인지도 나는 알고 있네."

단탈리안이 입을 다물고 바싸고를 관찰했다.

백골.

감정을 읽기는 어렵다.

'자신감.'

물론 저런 과신은 근거가 있다.

과거와 현재를 완벽하게 알수록 미래 역시 선명해지는 법.

탐색의 권능으로 오랜 시간 데이터를 쌓을수록 바싸고의 확신 역시 짙어졌을 것이다.

'수를 읽혔나.'

단탈리안의 머리가 복잡해졌다.

까득.

가볍게 손가락을 마찰한 바싸고가 말을 이었다.

"이미 시작됐네."

"그렇군요."

"나는 저들에게 모습을 보이지 않을 거야. 자네 편을 들고는 싶지만, 자네와 운명을 같이하고 싶지는 않거든."

"후회할 겁니다. 당신이 읽은 것이 어디까지인지는 모르겠지만……."

"맞아. 나도 완벽하게 모든 것을 꿰뚫지는 못했어. 자네의 심중도, 바알의 심경도. 하지만 말했잖나."

바싸고의 귀화가 즐거이 흔들렸다.

"흙탕물 안에서 난 더 자유롭다네."

쿠구구궁.

분노한 바르바토스와 마왕들이 단탈리안의 영역 앞에서 줄기줄기 기운을 내뿜었다.

단탈리안이 고개를 돌리는 동시에 바싸고의 신형이 사라졌다.

"5분 전에 알려 주는 조언이라니. 눈물 나도록 고맙군요."

딱히 필요는 없었지만.

단탈리안의 중얼거림은 혼잣말이 되어 있었다.

묵직한 저음이 바닥을 깔 듯이 흘러들어왔다.

"이 선은, 네가 먼저 넘었다."

철컥.

녹색 사냥꾼의 산탄총이 벽 너머로 단탈리안을 겨누고.

딸깍.

방아쇠를 당겼다.

⊰⊱

차갑게 식은 해협.

"무령 지휘관 대리, 명령을."

"……."

악도군에게서 지휘권을 인계받은 무령이 목울대를 꿀꺽였다.

한참 전방에 서서 한곳을 바라보는 악도군.

야속하게도 전투에 정신이 팔려 저 건너편의 일에 몰입해 있다.

무령은 그에게 다시 지휘권을 넘겨야 했다.

그로서는 지금 이 상황을 감당할 수 없었다.

태양은 천문의 장문, 허공을 죽였다.

부정할 수 없는 사실이다.

그러므로 천문의 문하생은 마땅히 복수해야 했다.

이 역시 부정할 수 없는 사실이다.

문제는 태양의 무력이었다.

아무리 내상을 입었다 한들, 생사결(生死結)에서 내공 수위를 조절하고 싸웠을 리가 없다.

즉, 윤태양은 순간적이나마 허공의 전력을 마주했고, 그것마저도 꺾었다.

그 이후 연전으로 두 정령왕과 싸워서 불의 정령왕은 죽이고 바람의 정령왕은 패퇴시키기까지.

"부족하다."

"뭐가 말입니까."

수하 하나가 대꾸하지만, 무령은 반응하지 않았다.

지금은 온전히 그의 혼잣말이었기에.

"천안부장님 하나로는 부족해."

무령이 객관적으로 판단한 태양의 무력은 최전선에서도 세 손가락 안에 꼽힐 정도였다.

"힘을 숨겼군."

정령왕을 상대로 무승부가 아니라 승리를 거머쥔 건 이제껏 차원 미궁을 오른 그 어떤 플레이어도 불가능했던 일이었다.

"문하생들과 운룡을 상대로 벌인 대련은 대충 흘려보내는 춤사위에 불과했던 건가."

신성에 관한 실상을 모르는 무령의 눈에는 그렇게밖에 보이지 않았다.

그렇지 않으면 말이 안 된다.

그 짧은 시간이 이렇게 말도 안 되는 성장을 이뤄 낸다는 건, 그의 상식선에서는 절대로 불가능한 일이었다.

이제까지 이어져 온 차원 미궁의 역사에서도 찾아볼 수 없었고.

여하간, 무령이 진상을 파악한 것과 관계없이 알 수 있는 사실은 있었다.

태양은 강하다.

검치(劍癡) 유성, 향련각주(向鍊刻主) 예련, 대원로(大元老) 구휘.

무영각주(無影刻主) 강모, 천안부장(天眼副將) 악도군.

천문의 최강자로 손꼽히는 이들을 중 적어도 셋은 붙어야 윤태양을 이겨 낼 수 있을 정도로.

그렇기에 무령은 후퇴를 명해야 하지만, 동시에 장문을 잃은 작금의 상황에서 후퇴하자고 말할 수 없었다.

그렇기에, 무령은 일분일초라도 빨리 악도군에게 지휘권을 넘기고 싶…….

"아니."

뒤늦게 생각이 미친 무령이 눈을 부릅떴다.

허공이 죽고 난 이후에 일어날 천문의 내부는 어떻게 돌아갈까.

장문이 죽었다.

하지만 천문이라는 집단은 여전히 건재하다.

당연히 각 부서의 장들은 장문 자리를 탐낼 게 분명했다.

'천안부장님과 검치 정도를 제외하면…… 나머지는 아마도 이를 드러내겠지.'

장문 자리를 건 천문 내부의 삼파전.

그리고 장문인에 관심이 없더라도, 악도군은 강하고 인망도 높다.

차기 장문의 자질이 충분하다는 이야기다.

만약 이대로 후퇴하면, 악도군은 어차피 천문 내부에서 죄를 물을 터다.

악도군이 그 치욕을 감수할까? 그렇지 않아도 지금 이 상황에 책임감을 느끼고 있을 양반이?

그렇지 않아도 대쪽 같은 인물이다.

목숨보다 의와 예를 더 가치 있게 생각할 줄 아는 진정한 협객이기도 했다.

그 역시 이 상황이 얼마나 암담한지 알고 있겠지만, 선택권이 본인의 손에 있는 이상 그는 지나치지 못한다.

꿀꺽.

마른침이 식도를 아주 조금 적셨다.

무령이 악도군에게 지휘봉을 넘기면 그는 후퇴하지 않는다.

살고 싶다면 무령이 해야 했다.

비록 천문 내부에서 정치적으로 완벽하게 사망하겠지만.

그게 죽는 것보다는 낫지 않은가.

"유상."

"예."

"후퇴한다."

"예?"

수십 개의 시선이 무령에게로 꽂힌다.

안도, 감사, 의문, 경악.

"북을 쳐라. 정령왕과 원수에게서 최대한 멀어진다. 엘프 진영에서 혹여나 우리에게 위협을 느낄 행위는 최대한 없애고, 인간 진영의 항구로 되돌아간다. 지금 즉시!"

유상은 여전히 목울대만을 꿀떡이고 있었다.

무령이 버럭 소리를 질렀다.

"내 말이 들리지 않는가!"

"예, 예!"

뒤늦게 북소리가 퍼진다.

"후퇴! 후퇴한다!"

"후퇴하라!"

"돛을 펼치고 노를 저어라!"

무령이 뒤늦게 돌아보았을 때, 악도군은 그를 바라보고 있었다.

형형한 눈빛.

무령은 고개를 저었다.

그리고 천문의 나머지 플레이어들을 눈짓했다.

악도군은 무령에게 다가오지 않았다.

지휘권을 빼앗지도, 명령을 물리지도 않았다.

쿨럭.

란의 입가에서 검붉은 액체가 튀어나왔다.

후들거리는 다리는 곧 힘이 풀린다.

주저앉으려는 란의 허리를 태양이 감쌌다.

"괜찮아?"

"괜찮아 보여?"

물론 아니다.

태양이 의식을 잃은 흰머리의 엘프를 바라봤다.

본래 바람의 정령왕이 차지하고 있던 육체다.

지금은 텅 비었다.

불의 정령왕이 죽었다는 사실을 깨달은 바람의 정령왕은 귀신이라도 본 듯 소스라치게 놀라며 자리를 이탈했다.

후웅.

살로몬과 메시아, 별림이 인양선으로 돌아왔다.

"태양!"

"오빠! 어떻게 된 거야?"

"어떻게 되긴."

우드득.

태양이 본인의 목을 꺾으며 뒤를 가리켰다.

머리가 박살 나 형태를 알아볼 수 없는 엘프의 시체.

그리고 그 주변에 깨진 물감처럼 일렁이는 '죽은 불꽃'.

"성공했구나!"

별림이 손뼉을 치며 기뻐하고, 메시아 역시 안도의 미소를 지었다.

살로몬만이 미심쩍은 얼굴로 태양을 바라봤다.

태양은 아라실을 소환해서 의식이 완전하다는 사실을 보여 줬다.

신컨의
원코인
클리어

"생각보다 쉽게 잡았네."

"어."

솔직히 태양도 놀랐다.

신성의 개화.

미약하지만 처음으로 직접 겪은 초월의 경험.

태양이 그동안 차원 미궁을 오르며 얻어 낸 성장 중 가장 그 폭이 컸다.

꾸욱.

주먹에 힘이 들어간다.

넘칠 듯하다.

'마왕과 대적할 정도의 힘.'

대거리해 보지 않았지만 알 수 있다.

열세이나마 대적이 가능한 수준에 올라왔다.

태양이 번쩍 고개를 들었다.

"시간이 없어."

단탈리안은 신성의 개화가 타임어택의 시작이라고 했다.

그가 부탁한 일.

지금부터 최대한 빨리 해내야 했다.

아포칼립스 페스티벌 (1)

55층, 영광의 무덤, 오크 진영의 대천막.

따닥. 따닥.

모닥불이 일렁인다.

분명 잎사귀나 검불 따위를 모아 피운 모닥불이 맞지만, 피 튀기는 번개 앞에서 일렁이는 불은 모닥불이라고 표현하기에는 너무 커다랬다.

오크 수십을 덧대도 닿지 못할 정도로 높은 천막의 천장이 새까맣게 그슬렸다.

홀로 앉은 피 튀기는 번개가 상념에 잠긴 채 기형적으로 몸집을 키운 불을 들여다보았다.

아니, 불을 들여다보는 게 아니다.

새파랗게 문신과 눈동자.

그는 지금 오크 주술사들의 보고 체계에 접속해 있었다.

피 튀기는 번개는 오크 역사책에 한 페이지를 당당히 채울 위대한 전사인 동시에 앉아서 천 리를 내다보는 강력한 주술사였다.

피 튀기는 번개가 중얼거렸다.

"바람과 불. 두 정령왕을 만나고도 해협을 뚫었다. 심지어 그중 하나를 죽였다……."

불의 정령왕.

일전 윤태양의 처리를 두고 피 튀기는 번개와 대립했던 정령왕이었다.

"내가 틀렸군."

피 튀기는 번개가 틀리고, 불의 정령왕이 맞았다.

해협 스테이지에서 죽였어야 했다.

물론 피 튀기는 번개가 말한 대로, 그들은 이득을 봤다.

당장 회담 날만 하더라도 아넬카, 마샤. 그리고 어그레시브 플레티넘을 죽였으니.

문제는 그 이후에 벌어 낸 확실한 이득이 없었다.

이름 있는 간부를 죽인 건 그게 마지막.

인간 진영의 플레이어들은 다람쥐처럼 빠르게 최전선에서 철수했다. 상황이 이렇게 되었으니 스테이지 클리어 부문에서 성과를 봤어야 했는데 오크 진영의 플레이어들은 클리어에 도달하기는커녕 아직도 최소 3개의 관문이 남았다.

하지만 그것뿐.

해협 스테이지에서 윤태양은 고작해야 천문 하나의 비호를 받는 상태였다.

오크 진영에서 적극적으로 움직였다면 확실히 죽일 수 있었을 터다.

하지만 그러지 못했고, 윤태양은 정령왕까지 죽이며 압도적인 성장을 이뤘다.

심지어 그는 아직 모든 성장을 끝마친 게 아니다.

차원 미궁에서 제공하는 시스템을 통해 업적과 아티팩트를 얻을 수 있고, 또 다른 보상도 얻을 기회가 있다.

아포칼립스 페스티벌.

49층부터 54층까지.

여섯 층을 하나로 뭉쳐 놓은 만큼, 각 층을 하나씩 깨 올라가는 것보다는 성장 효율은 분명 떨어진다.

하지만 아포칼립스 페스티벌 안에 존재하는 피 튀기는 번개가 결코 경시할 수 없는 콘텐츠가 있었다.

"애프터 아포칼립스."

아포칼립스 페스티벌의 유물.

6개 차원의 종말 이후에 나온 남은 원주민들의 생존 병기인 동시에 사용한 플레이어의 기량을 거의 반강제적으로 끌어 올리는 초월 무기.

피 튀기는 번개 역시 실제로 애프터 아포칼립스를 사용해 본 경험이 있었다.

그렇기에 알았다.

"절대로 허용해서는 안 된다."

물론, 애프터 아포칼립스를 사용한다고 모두가 강해지는 건 아니다.

애프터 아포칼립스가 제공하는 경험은 이질적이고 고통스러운 동시에 난해했다.

하지만 인간 진영의 애프터 아포칼립스 경험자 카인은 해당 장비 경험 이후 마나 운용 능력이 최전성기를 달리고 있다.

윤태양 역시 성공한다면.

그래서 지금보다 더 강해진다면.

진영간의 세력 구도는 균형을 잃는다.

그건 피 튀기는 번개가 바라는 바가 아니었다.

그리고 살아남은 세 정령왕들도 바라는 바가 아니겠지.

그들과 따로 회담을 가질 필요도 없었다.

어차피 엘프 진영과 오크 진영 모두, 윤태양을 죽여야 한다는 생각은 같을 테니.

쿵.

피 튀기는 번개가 자리에서 일어났다.

문신과 두 동공이 다시 한 번 푸른빛을 발했다.

스으읍―.

커다란 들숨에 피 튀기는 번개 앞의 모닥불이 휘청거린다.

이윽고.

"전군!"

차원 미궁 전역에 퍼진 오크들.

전사의 무덤에서 동고동락하는 최전선의 전사들에게 동시에 피 튀기는 번개의 명령이 전달된다.

"회군한다!"

애프터 아포칼립스 스테이지로의 회군.

목표는 윤태양을 죽이기 위해서.

⁕⁕⁕

[ㅁ ㅁ이터ㅁ]

ㅁ ㅁ(531) : 솔ㅁ 플ㅁ ㅁ어. 퍼ㅁ ㅁ ㅁㅁ어(ㅁㅁ ㅁㅁ)……

보ㅁ ㅁ화 : 6ㅁ ㅁ

카ㅁ ㅁㅁ :

1. ㅁ ㅁ의 망ㅁ(ㅁ) : 맷ㅁ +ㅁ, ㅁㅁ +1. 영ㅁ +1

…….

특ㅁ :

드ㅁㅁ 하ㅁ(ㅁㅁㅁㅁon H ㅁㅁ ㅁ)(ㅁ화)

ㅁㅁ 기ㅁ 살해(흡ㅁㅁ) − 흡ㅁ +ㅁ

ㅁ골ㅁ ㅁ(換骨奪胎)

반인□ □(半□□□) − 근□ □□, 민□ +□, 지□ □□, 신□ 용□(□
□)

스□□□□(S□□□mB□□□□□r) − 검□ +□, □첩 +2, 영웅 +1

□풍의 정□ □주 아□ □(□약)

개□(□花) : 신성□ □□□□.

□□ : □□□□□□

스테이터스 창을 열어 본 태양은 입을 다물었다.

당연한 이야기지만, 망가져 버린 스테이터스 창을 해명할
수 있는 사람은 없었다.

태양은 목소리를 낮춰 물었다.

"메시아도 이렇대?"

─아니.

"다른 플레이어들은?"

─다 정상이래.

태양에게만 벌어진 일.

태양이 스테이터스 창 구석을 바라봤다.

개□(□花) : 신성□ □□□□.

□□ : □□□□□□

개□(□花).

한자까지 읽어 보자면, 개화.

태양이 이뤄 낸 개화가 스테이터스 창을 망가뜨린 요인이다.

하지만 이 사실을 기반으로 추론할 수 있는 사실은 아무것도 없었다.

그리고 생각을 이어 갈 시간을 가질 수도 없었다.

아그리파 기사단의 카인.

강철늑대 용병단의 실버.

위치스의 미네르바.

마리아나 수도회의 마리아나 등.

지금 태양의 눈앞에는 인간 진영의 S등급, A등급 클랜의 클랜장들이 줄줄이 앉아 있었기 때문이다.

순백의 풀플레이트를 착용한 금발의 기사, 카인이 싱긋 웃으며 고개를 끄덕였다.

그 옆에 상대적으로 왜소한, 호리호리한 청년이 마치 살로몬처럼 담배를 꼬나물고 있었다.

뻐끔뻐끔 연기를 피워 올리는 청년, 실버가 물었다.

"유리 막시모프에게 이야기는 들었나?"

"무슨 설명?"

"안 했어. 와서 듣는 게 낫잖아."

"그럼 내 설명을 들으면 되겠군."

실버의 목소리는 거친 동시에 자신감이 충만했다.

그가 담배를 끼운 손가락으로 클랜장들을 가리켰다.

"자, 윤태양. 너를 위해 움직인 면면들이다."

"뭐?"

하는 행동 하나하나 워낙에 예의라고는 찾아볼 수가 없어서 그런지, 태양의 입에서는 저도 모르게 반말이 튀어나왔다.

"천문 빼고, 인간 진영의 모든 고위급 클랜이 너의 성장을 지지한다는 뜻이다."

"내 성장을 지지해?"

"그래. 네가 아포칼립스 페스티벌에 들어갈 때, 최소 다섯 명의 클랜장급 인력이 네 주변에 있을 거다."

유리 막시모프가 슬쩍 말을 덧붙였다.

"나는 항상."

스읍.

실버가 연기를 머금었다.

태양이 물었다.

"용건이 뭔데?"

방금 실버가 한 말은, 말하자면 생색이다.

"내가 당신들 통제에 따랐으면 좋겠다는 말을 하고 싶은 건가? 맞아요, 클랜장님?"

태양이 유리 막시모프를 돌아보자 그녀가 입 모양으로 '들어봐'라고 중얼거렸다.

"유리 막시모프에게는 곧바로 다음 스테이지로 넘어가겠다고 이야기했다더군."

"그래서?"

"지금은 가지 말아라."

"응. X까."

태양이 곧장 자리에서 일어났다.

유리 막시모프가 일어났다.

"잠깐만, 조금만 이야기를 들어 봐, 태양."

"클랜장님. 이거 약속과 다르지 않아요? 나는 분명 어떤 통제도 받지 않는 조건으로 클랜에 들어왔던 걸로 기억하는데."

쿠웅.

거대한 마력이 회의장을 감쌌다.

적의는 없지만, 주의는 끌리지 않을 수가 없을 정도로 커다란 마력이었다.

마력의 주인, 카인이 무해한 얼굴로 웃었다.

"이야기를 조금만 더 들어주실 수 있을까요? 이건 우리만 좋은 이야기도, 당신만 좋은 이야기도 아닙니다."

태양이 그를 바라봤다.

그리고 다른 클랜장들 또한.

─태양아, 일단은 들어 보자.

실버가 말한 요구는 들어줄 수 없는 종류의 것이었다.

하지만 이들이 이렇게 말하는 이유는 분명히 있을 터였다.

태양이 자리에 앉자 실버가 다시 입을 열었다.

"네가 지금 가든지, 가지 않든지. 오크와 엘프 진영에서는 상당한 전력을 아포칼립스 페스티벌에 보낼 거다. 당연하다. 넌 이제 막 해협 스테이지를 통과한 주제에 엘프 진영의 최강자 중 한 명을 꺾었고, 그런 네가 더 성장하게 내버려 둬선 안 된다고 생각할 테니까."

"……"

"굳이 사서 고생을 할 필요 없다는 이야기다. 네가 지금 가지 않으면? 그들에게 당할 일도 없다."

실버가 말하는 이야기의 요지는 어렵지 않았다.

그들은 태양을 통합 쉼터에 머물게 하고 싶었다.

그러는 것만으로 아포칼립스 페스티벌 스테이지에 엘프와 오크의 전력이 묶일 테니까.

"이건 우리 인간 진영에게는 기회야. 네가 놈들을 묶어 둔 사이 우리는 위에서 이득을 볼 수 있다."

압도적으로 유리한 이지선다다.

다른 플레이어들이 최전선에서 이득을 본다.

그 상황이 장기화되면 결국 두 진영은 아포칼립스 페스티벌 스테이지에서 병력을 뺄 수밖에 없다.

"그럼 그때 네가 클리어하면 되는 거다. 머리가 있다면 어느 쪽이 이득인지는 생각할 수 있겠지."

실버가 후욱 담배 연기를 내뿜고, 카인이 입을 열었다.

"해협 스테이지에서 허공을 죽였다는 사실을 압니다."

태양이 계속하라는 의미로 머리를 까딱였다.

신권의
원코인
클리어

"천문은 인간 진영의 세 축을 담당한 S등급 클랜이었습니다. 하지만 한동안은 제 역할을 못 하겠죠. 머리가 잘렸으니까요."

"뭐, 그렇겠죠."

"우리는 그 역할을 유리 막시모프 클랜이 담당해 줄 것을 기대하고 있습니다."

카인의 눈동자가 밝게 빛났다.

"원하신다면, 오랜 시간 기다리게 하지 않을 겁니다."

"흠. 말씀하신 대로라면 시간을 끌수록 우리 쪽에서 더 이득을 볼 수 있는 상황인데도?"

"예. 윤태양 플레이어께서 원하신다면, 저쪽의 병력이 분산되는 즉시 우리는 당신을 클리어시키고 최전선으로 끌어 올릴 겁니다. 위쪽에서의 이득도 중요하지만, 우리의 최우선 목표는 안전하게 성장한 당신을 허무하게 잃지 않는 거니까요."

말하자면 보리, 쌀 게임과 같다.

다음 스테이지로 들어가지 않는 이상 상황 주도권은 무조건 태양이 쥐고 있다.

그리고 그걸 기반으로 인간 진영의 플레이어들은 이득을 창출할 수 있는 상황에 놓여 있었다.

하지만 태양은 들어가야 했다.

ㅡ이건, 제 목숨이 달린 문제입니다.

ㅡ당신은 오히려 제가 죽는 게 낫다고 생각할지도 모르지만……상식적으로 그렇다면 제가 이렇게 모두 말씀드리지 않았겠죠. 제

신성. 제 비호 아래 벌인 일들. 바르바토스와 푸르카스, 발락 등, 다른 마왕에게 받은 미움. 아직……까지는 당신은 저라는 방파제가 없으면 생존이 불가능합니다.

태양이 눈을 감았다.

─제가 부탁하는 일을 훌륭히 수행하면 저라는 방파제가 필요 없어질 겁니다.

"제안은 잘 들었습니다."

태양의 말에 클랜장들의 얼굴이 굳어졌다.

"하지만 어쩔 수 없어요. 전 가야 합니다."

"……"

탁.

자리에서 일어난 태양이 십수 명의 클랜장들에게 선언했다.

"당신들 선택해. 날 지키든가. 아니면 그냥 서로 갈 길 가든가. 타협의 여지가 없어요. 난."

상기해야 할 점.

같은 진영의 플레이어라고 해서 뒤통수를 치지 못하는 것은 아니다.

허공이 그랬다.

다른 플레이어들이 그러지 않을 거라는 보장은 없었다. 그리고 단탈리안은 다른 마왕과 척을 지는 데 거리낌이 없었다.

이 중에는 다른 마왕과 계약한 플레이어도 있을 터.

이마에 핏줄이 돋아난 실버가 거칠게 외쳤다.

"야, 너 우리가 이렇게 협조 안 하면 어거지로 스테이지 들어가 봐야 답 없어. 그거 몰라? 시발? 뒈지고 싶냐?"

"뭘 뒈져, 뒈지기는."

"하. 너 들어가기만 해 봐. 내상으로 골골대는 늙으니 하나 잡고 나니까 눈에 뵈는 게 없어졌지? 네가 뭐라도 된 것 같고? X발, 네가 혼자서 클랜 하나 상대로 이길 수 있을 것 같아?"

"실버."

"닥쳐, 카인. 네가 잘못 봤어. 이런 부류는 맞아야 이야기를 들어. 들어가라고 해. 안에서 존나 패서 이야기를 듣게 만드는 게 빨라."

유리 막시모프가 자리에서 일어났다.

"태양, 사과할게."

"사과요?"

"좋은 제안이라고 생각했어. 객관적으로 좋은 제안이 맞잖아?"

"아뇨. 제 입장에선 아니에요."

"맞아. 알아. 네가 거절한 이유가 있겠지."

콰앙.

유리 막시모프의 마나가 회의실 문을 열어젖혔다.

그 밀도는 직전 카인이 발출한 마나에 전혀 밀리지 않았다.

"가자."

콰앙!

부술 듯이 열린 문은 역시 부서질 듯이 닫혔다.

짧은 활극 뒤에 회의장에서 사라진 인물은 둘이었다.

윤태양과 유리 막시모프.

"저, 저……."

실버는 기가 차서 말을 잇지도 못했다.

워낙 찰나 간에 벌어진 일이라 차마 붙잡을 수도 없었다.

호리호리한 실버의 손가락이 할 수 있는 건 쥐고 있던 담배를 짓뭉개는 것 뿐이었다.

"미친놈 아니야 저거?"

"그러게. 마치 B급 시절의 너를 보는 것 같네."

고깔모자를 쓴 베이직한 마녀, 미네르바가 곰방대를 토닥였다.

"내가 저랬다고?"

"윗사람한테 존댓말을 하긴 했는데, 그것도 뭐 다 잰 거였잖아. 아니야? 너도 S+등급에 싸워서 다 이길 자신 있었으면 저렇게 행동하지 않았겠어?"

"에이 나는……."

"그나마 사람 된 것도 클랜 A등급으로 올라가고 나서 정치한답시고 깝죽대느라 그런 거지."

실버가 아미를 찌푸렸다.

"참, 오래 살면서 기억력도 좋네. 힘들겠다, 당신도."

"뭐? 오래? 너 지금 말 다 했어?"

작금의 상황이 만담으로 이어질 기미가 보이자 금발의 사내, 카인이 입을 열었다.

"자, 결정합시다."

"결정? 무슨 결정? 죽어도 상관없으니 다음 스테이지로 넘어간다는데 우리가 할 결정이 있어? 죽는 거 구경이나 해야지. 빌어먹을."

실버는 그렇게 투덜거렸지만, 카인이 무슨 이야기를 하려고 하는 지 알고 있었다.

"윤태양이 선택하라고 했잖습니까. 자신을 도울 건지, 아니면 각자 길을 갈 건지. 아쉬운 건 우리죠."

세상은 본래 아쉬운 쪽이 휘둘리게 되어 있는 법.

차원 미궁의 최상위권 플레이어들이라고 다를 리는 없었다.

철컥.

카인의 몸에서 발출된 마나가 그의 풀플레이트 메일을 흔들었다.

"우선 저부터. 저는 차원 미궁 클리어를 위해서 윤태양이 꼭 필요하다고 보는 입장입니다. 그가 초래하긴 했지만, 천문의 분열이 심각해질 조짐을 보이지 않습니까. 윤태양마저 잃을 수는 없습니다."

"정령 놈들이나 오크도 우리랑 마찬가지일 거야. 사실상 전면전이나 다름없어질 거라고."

"네. 플레이어 하나 때문에 전면전이 벌어지는 이 상황이 놀랍지만, 그만큼 우리 인간 진영에는 큰 기회가 왔다고 봐야 하지 않겠습니까."

실버가 다른 클랜장들을 향해 물었다.

"카인은 지금 아포칼립스 스테이지에서 놈들과 전면전을 벌이자고 말하고 있는 거야. 그것도 두 진영을 상대로."

방금 윤태양 때문에 난 짜증은 덮어 둔, 건조한 목소리였다.

"의견 들어 보지."

가장 먼저 손을 든 플레이어는 위치스의 클랜장, 미네르바였다.

"난 카인의 의견에 찬성."

다른 플레이어들은 놀라지 않았다.

지금 미네르바가 아무렇지 않게 웃고 있지만, 위치스의 간부인 마샤가 피 튀기는 번개의 습격에 사망한 게 바로 얼마 전이었다.

"감정만으로 한 결정은 아니었으면 좋겠군."

"윤태양 하나만 아까운 게 아니야. 유리 막시모프 클랜원들의 기량. 빠지는 녀석이 없어."

풍술사 란, 흡혈귀 메시아.

특히 최근 무려 공간 이동 마법을 사용할 줄 아는 전력으로 알려진 살로몬까지.

태양뿐 아니라 그 일행 역시 귀한 전력이었다.

"저도 동의해요."

다음으로 의견을 낸 건 마리아나 수도회의 클랜장, 마리아나였다. 마리아나 클랜 역시 그들의 팔라딘이자 최고 실권자, 아넬카를 잃었다.

S등급 클랜의 발의와 A등급 클랜 둘의 동의.

거기에 그나마 반대하는 기미를 보이던 강철 늑대의 실버는 건조하게 중립을 유지.

나머지 플레이어들은 생각했다.

강철 늑대는 철저히 실익을 중심으로 움직이는 집단이다.

윤태양의 태도는 물론 감정을 상하기에 충분했지만, 실버는 감정보다 이성을 중심으로 생각하겠지.

결국 강철 늑대 역시 카인의 의견에 따를 가능성이 컸다.

남은 플레이어들이 의사를 결정하는 데에는 오랜 시간이 걸리지 않았다.

철컥.

카인이 자리에서 일어났다.

"다행히 의견이 한쪽으로 쏠렸군요."

아포칼립스 페스티벌 스테이지가 인간 진영의 최전선이 되는 순간이었다.

꽃

태양과 유리 막시모프는 한참이나 걸었다.

"클랜장님, 죄송합니다."

"응. 분명 자유를 보장하는 조건이었는데 강요해서 미안."

"아뇨. 이해됩니다. 왜 그러셨는지."

태양은 유리 막시모프의 클랜원이지만, 유리 막시모프와 같이한 시간은 거의 없다.

당연히 유리 막시모프는 태양이 어떤 상황에 처해 있는지 모른다.

최전선 플레이어의 입장에서 봤을 때 태양을 통합 쉼터에 눌러 놓는 건 현명한 판단이었다.

양쪽 모두에게.

오히려 그녀가 태양에게 사과하고, 직접 다른 최전선 플레이어들과의 관계를 첨예하게 깎아 가며 태양을 따라와 주기까지 했으니 되려 태양이 고마워해야 할 일이 되었다.

그렇기에, 태양은 물을 수밖에 없었다.

"이유가 뭐예요?"

유리 막시모프가 태양의 처지를 생각해 줬듯이, 태양 역시 그렇게 할 수 있었다.

그래서 오히려 태양은 그녀를 이해할 수 없었다.

"왜 저를 영입했죠?"

카인은 유리 막시모프 클랜으로 천문을 대체하고 싶다고 했다.

그건 카인의 의견이다.

신컨의
원코인
클리어

만약 유리 막시모프가 동조했다면 그렇게 회의실을 박차고 나오지는 않았겠지.

유리 막시모프는 클랜의 규모에 집착하지 않았다.

그녀가 태양을 영입함으로써 얻은 성과는 유리 막시모프 클랜의 S등급 격상뿐.

물론 S등급 격상이 보잘 것 없는 보상은 아니다.

하지만 유리 막시모프는 소규모 클랜이다.

다른 S등급 클랜과 같이 영향력을 행사하고 있지 않다는 말이다.

또한 새로운 클랜원을 받지도, 영향력을 늘리려는 시도도 하지 않았다.

분명 상부상조인 영입이다.

하지만 고작 S등급 격상이라는 리턴에 의해 S등급 플레이어이자 인간 진영 플레이어 중 최상급의 기량을 가지고 있는 유리 막시모프가 움직였다?

수지가 맞지 않는다.

지나치게 값이 싼 집은 좋지 않은 일이 벌어졌을 가능성이 컸고, 과하게 보수를 주는 아르바이트는 안 좋은 일을 할 위험성이 높다.

유리 막시모프는 왜 태양에게 너무 일방적으로 유리한 계약을 체결했을까.

유리 막시모프가 태양을 바라봤다.

"네가 이런 위치가 될 줄 알았으니까."

잠깐의 정적.

항상 무표정한 소녀의 입술이 달싹였다.

꼭 말하고 싶은 사실이 있는 것처럼.

하지만 그 사실을 말해서는 안 되는 것처럼.

태양은 유리 막시모프의 말을 기다렸다.

길어지는 침묵에 유리 막시모프가 결국 다시 입을 열었다.

"차원 미궁의 꼭대기까지 도달할 줄 알았으니까."

"그걸 확신하셨다?"

"가능성에 걸어 본 거지. 네가 올라오기 전부터 얼마나 많은 소란이 있었는지 모르지?"

"알죠."

"당신이 생각한 것 이상이야. 인간 진영의 플레이어 중에서 가장 강한 플레이어일지도 모른다. 그리고 실제로 너는 각인 과정에서 S+등급이라는 전무후무한 등급을 배정받았잖아."

그리고 실제로 태양은 유리 막시모프가 예상한 결과를 뛰어넘었다.

그 존재만으로 3개 진영의 균형을 위협할 정도로 강해지는 쾌거를 달성했으니.

"다른 건 관심 없어. 차원 미궁을 클리어하고 싶을 뿐이야."

"당신이 보기에 나는 차원 미궁을 클리어하기에 적합한 인재였다? 그런데 때마침 다른 클랜들 때문에 곤란을 겪고 있었고?"

"그래."

반쯤은 납득할 수 있는 동시에, 나머지 절반은 납득이 되지 않는 이유였다.

태양 말고도 집단의 진영 논리에 의해서 어이없이 스러져 간 플레이어는 한둘이 아닐 터였다.

그들 모두를 살리려고 노력해야 했다는 이야기는 아니지만, 한두 명 정도는 받았어야 설득력이 있지 않은가.

유리 막시모프 클랜은 그전까지 다른 클랜원을 단 한 번도 받지 않은 1인 클랜이었다.

'원래 말하려던 게 이런 거였나.'

이런 내용이라면 망설일 이유가 없지 않나.

태양은 고개를 저었다.

말하기 싫은 내용을 억지로 캐묻는 건 굉장히 비효율적인 행동이다.

시간은 많이 들고, 온전한 진실을 말할 가능성도 낮고.

태양이 걸음을 멈췄다.

그리고 등 뒤, 골목을 바라봤다.

"슬슬 나와. 뭐 그렇게 죄 지었다고 뒤에서 따라와."

누군지는 알고 있었다.

개화 이후 예민해진 기감은 기척을 확실하게 잡아냈기 때문이다.

골목에서 나타난 건 천문 소속의 플레이어이자 태양에게 무공을 전수한 남자, 운룡이었다.

항상 호쾌하게 뻗어 있던 그의 머리는 차분하게 풀이 죽어 있고, 안색 역시 창백했다.

잠시 머뭇거리던 그는 이내 입을 열었다.

"정의행의 오의를 깨달았더군."

"아, 어."

"축하한다."

정적.

끊긴 대화가 어색해진 태양이 콧등을 긁었다.

"그, 미안하게 됐어."

"뭐가 말이냐."

"그쪽 장문인 일 말이야."

"허공이 먼저 습격했다고 들었다."

"그렇지."

"하지만 사문 내부에서는 그렇게 생각하지 않는다."

허공이 먼저 공격한 이유가 있을 것이다.

간부들은 진실을 어느 정도 짐작하고 있었지만, 알면서도 물었다.

이미 죽은 허공의 명예에 먹을 칠하는 것보다 적을 만들어 내부를 단결하는 게 천문에게는 필요했기 때문이다.

"천문은 크게 세 갈래로 나뉐었고, 널 죽이는 쪽의 대장이 천문의 장문인이 될 거다. 난 경고하러 왔다."

"알려 주는 이유는?"

"제자잖아."

"뭐래."

"귀찮은 일이 많아질 거다."

태양이 씨익 웃었다.

"옆에 안 보여? 우리 클랜장님, S등급 플레이어야. 쌩쌩한."

"그래도 모르는 것보다는 아는 게 낫잖나. 천문이 떳떳한 일을 하는 것도 아니고."

"그나저나 이런 거 막 말해 줘도 되는 거야? 다른 사람들한테 걸리면 귀찮아지는 거 아니야?"

운룡이 웃었다.

"모르나? 난 천문의 창립을 함께한 사람이다. 굳이 따지자면 허공과 같은 연배지."

"그래도 약하잖아."

"지금은…… 그렇지."

그사이 천문에 꽤 많은 일이 있었던 건지, 운룡의 안색은 썩 좋지 않았다.

하지만 그는 홀가분하게 웃었다.

"너만큼은 아니지만, 나도 강해지고 있다."

태양도 느끼는 바였다.

운룡이 쌓아온 기초는 넓고 깊었다.

거기에 차원 미궁을 오르며 업적 등의 어드벤티지가 더해지자 그의 성장은 어제와 오늘이 다를 만큼 가팔라진 추세였다.

그때, 태양의 발밑이 떨리기 시작했다.

쿠르르르르르릉.

태양의 발밑만 흔들리는 게 아니었다.

여관, 여러 클랜의 클랜하우스, 상점 등의 다른 건물들.

통합 쉼터 전체가 흔들리고 있었다.

유리 막시모프와 운룡이 반사적으로 검을 빼 들었다.

태양 역시 마나를 끌어 올리며 전투에 대비했다.

동시에 태양은 반사적으로 고개를 돌려 마왕을 찾았다.

쉼터에 변화가 있다면 항상 마왕이 등장해 설명하는 게 이제까지의 규칙이라는 사실을 알았기 때문이다.

하지만 마왕은 나타나지 않았다.

아무 일도 일어나지 않았다.

남은 건 혼란스러운 플레이어들의 소음뿐.

–쉼터에서 이런 적이 있었나?

"그러게."

–물어봐. 유리 막시모프는 알 거 아니야.

태양의 질문에 유리 막시모프는 고개를 저었다.

"없었어. 단 한 번도."

마왕이 죽고 죽이는 일은 없다고 시스템적으로 못 박은 공간이 바로 쉼터다.

"그렇다면 이건……."

차원 미궁에서 벌어지고 있는 어떤 이변이라는 뜻이다.

태양이 고개를 들어 하늘을 바라봤다.

'단탈리안?'

아닐 수도 있다.

하지만…….

-이건, 제 목숨이 달린 문제입니다.

상념이 스치는 건 어쩔 수 없었다.

❧

통합 쉼터, A등급 여관. 연무장.

어른 수십 명이 일렬로 도열할 수 있을 정도로 넓은 연무장의 중앙에 란이 가부좌를 튼 채 앉아 있었다.

그녀는 척 보기에도 정상이 아니었다.

몸은 오한 때문에 달달 떨리는데, 이마는 불덩이같이 뜨겁다.

백옥 같은 피부는 자꾸만 땀으로 얼룩졌다.

얼마나 많이 흘렸는지 잦은 전투에도 고운 비단결을 유지해 자랑스럽게 생각하던 머리카락이 자꾸만 뺨에 달라붙고, 땀에 푹 젖은 옷은 몸의 곡선을 그대로 드러낼 정도였다.

하지만 란은 머리카락을 뗄 생각도, 옷을 갈아입을 생각도 하지 못했다.

"하아."

눈앞이 흐릿했다.

붉은 입술을 짓씹는 것으로 흔들리는 의식을 간신히 부여잡았다.

상, 중, 하.

그녀가 도술을 쌓으며 구축한 3개의 단전.

본래라면 금강석처럼 단단하게 자리 잡은 채 그녀의 내공을 보관하고 있어야 할 단전은 여기저기 실금이 가 있었다.

진원진기(眞原眞氣)를 끌어 올린 반동이다.

끌어 올린 진원진기는 란의 단전이 감당할 수 있는 최대 용적을 한참이나 뛰어넘었다.

단시간이지만 기형적으로 많은 기운을 감당한 그녀의 단전은 상황이 모두 끝난 지금에 와서 후폭풍을 겪고 있었다.

아예 기운을 담지 못할 정도로 산산조각이 나지는 않았다는 사실은 그나마 다행이나, 온전치 못한 단전은 내기를 자꾸만 놓쳐 몸 안에 풀어 놓았다.

술자의 의지를 벗어나 신체 내부를 헤집는 내기는 곧 독이다.

그것이 술자에게서 비롯한 기운이라 할지라도 통제를 벗어나는 순간 다를 건 없었다.

쿠웅.

제멋대로 날뛰는 내기가 혈도에 머리를 들이박았다.

그렇지 않아도 단전과 함께 망가진 혈도다.

생살을 송곳으로 쑤시는 듯한 고통이 뒤따라왔다.

"흐윽."

저도 모르게 등허리가 곧추서고, 어깨가 들썩인다.

"흐으.."

란은 흘러나오는 신음을 간신히 다잡고, 필사적으로 스스로에게 되뇌었다.

'집중력을 잃으면 안 돼. 침착해, 란. 몸 상태…… 생각보다 나쁘지 않잖아.'

단전의 상처.

심지어 뇌와 직접 연결되어 있다는 상단전까지 고루 입은 상처다.

창천의 도사들이었다면 몇 개월이고, 아니, 연 단위로 정양해야 간신히 회복할 수 있다고 진단했으리라.

처음 단전의 손상 정도를 확인한 란도 스스로 그렇게 판단했다.

애초에 진원진기를 끌어 쓴다는 행위 자체가 무인, 주술사, 도사를 막론하고 은퇴를 감수하는 행위다.

하지만 회복하는 속도가 그녀의 예상 이상이었다.

'업적 때문이야.'

업적.

수여되는 즉시 단전, 신체 능력, 내기의 양, 집중력, 끈기, 의지, 그리고 오성 등 모든 방면에서 이상적으로 인간을 성장시키는 차원 미궁의 보상 체계.

그녀는 깨닫지 못했었지만, 태양을 따라 미궁을 오르면서 모은 400개를 넘보는 업적 수치는 그녀의 회복력 또한 초인의 반열에 올려놓았다.

연 단위로 정양했어야 할 단전의 손상이 자가 수복되고, 그 과정에서 겪어야 할 격통이 고작 열병 수준에 그쳤다.

콰아앙.

"흐으윽."

물론 그렇다고 지금 그녀가 겪는 고통이 별것 아니게 되는 것은 아니었지만.

란이 입술을 악문 채 단전으로 들어온 내기를 혈도로 돌렸다.

단전을 우선 고쳐야 내기를 담아 두고, 그 내기를 바탕으로 혈도를 고칠 수 있기 때문이다.

또한 제멋대로 날뛰는 '새어 나간' 내기의 통제권도 다시 가져와야 했고.

물론 혈도 역시 망가졌기 때문에 이는 엄청난 고통이 뒤따르는 일이었다.

버텨 내야 한다.

버텨 내야 태양과 같이 미궁을 오를 수 있다.

아니, 그럴 필요가 있나?

몸이 아프다는 사실을 핑계로 그냥 쉼터에 눌러 앉아 버리면 안 되나?

태양에게 해를 입히는 것도 아니고.

란은 그녀의 사고가 이상한 곳으로 흐르고 있음을 알면서도 생각을 멈추지 않았다.

실시간으로 혈도가 찢기는 고통을 더욱 생생하게 느낄 바에는 차라리 다른 생각에 몰입하는 게 낫다고 판단했기 때문이다.

……여하간.

태양과의 계약은 '태양을 위해 살겠다.'라는 단어로 맺어져 있다.

태양이 란과의 주종 관계를 탄탄히 조여 왔다면 이 여덟 글자는 그녀가 숨 쉬는 것조차 태양에게 허락을 맡아야 할 정도로 그녀를 구속했겠지만, 태양은 그러지 않았다.

계약 이후에 태양이 란의 자유를 허락하는 사례가 많아지면서, 이제 란과 태양의 계약은 구멍 난 그물처럼 성기게 되어 버렸다.

물론 태양이 다시금 계약을 빌미로 란을 휘어잡으려 한다면 그 주도권은 여전히 그에게 있겠지만…….

'그는 차원 미궁을 오르는 데 모든 신경이 쏠려 있으니까.'

그렇게 하지 않는다.

근거는 그녀가 겪어 온 경험이다.

동료라는 유대도 생겼고, 확신도 생겼다.

태양은 아무 이유 없이 그녀에게 해를 입히지 않는다.

그렇다.

지금 기를 쓰고 몸을 회복하지 않으면, 역으로 란은 태양에게서 해방될 수 있었다.

그 사실을 알면서도.

란은 필사적으로 몸을 회복하고 있었다.

'왜?'

생각이 거기까지 닿았을 무렵.

덜컥.

연무장의 문이 열렸다.

동시에 란의 심장이 철렁였다.

그녀의 눈은 감겨 있었지만, 기감은 어느 때보다 예민했다.

그리고 느껴지는 기운은…… 태양의 것.

태양은 란 앞에 서서, 한참이나 그녀를 바라봤다.

아무 말 없이.

란 역시 몸의 내기를 다스리는 데 집중했다.

아니, 집중하는 척했다.

마치 여유가 없어서 입을 열지 못하는 것처럼.

시간이 얼마나 지났을까.

쿠웅.

단전에서 새어 나간 진기가 다시 한번 란의 혈도에 몸을 부딪쳤다.

"흐웃."

최대한 참아 보려 했던 소리는 오히려 애매하게 흘러나와 버렸다.

결국 란이 눈을 떴다.

"벌써 가는 거야?"

"몸은 좀 어때?"

란이 앉은 채로 태양을 올려다보았다.

흠뻑 젖은, 몸의 굴곡을 온전히 드러난 행색.

상기된 얼굴과 고통으로 달뜬 호흡.

그리고 직전의…… 저도 모르게 새어 나온 목소리.

란의 상태와는 별개로, 남자라면 생각이 엄한 곳으로 튀는 게 어쩌면 당연한 상황이었다.

그러나 란을 내려다보는 태양의 눈동자에 담겨 있는 감정은 온전히 걱정뿐이었다.

란의 몸 상태에 관한 걱정.

그리고 란의 전력 이탈이 확실시된 상황, 이후 진행될 미궁 공략에 관한 걱정.

란이 저도 모르게 아랫입술을 깨물었다.

자존심이 상했다.

"……조금 기다려 줄 수는 없어? 오래 기다릴 필요는 없을 거야. 몸은 곧 회복할 수 있어."

"아니."

태양이 단호하게 고개를 저었다.

"급하게 회복할 생각 하지 마. 완전히 회복하고 와."

"그렇지만……."

"앞으로 우리가 상대해야 할 적은 최소 정령왕급이야. 몸을 회복하지 못하면 전력으로 의미 없어."

첫 만남이 무려 6층.

일행 중 태양과 가장 오랜 시간을 보낸 게 바로 란이다.

그렇기에 란은 알 수 있었다.

차갑게 현실을 들먹이는 태양의 목소리에는 반대로 온정이 담겨 있었다.

"하지만 내가 없으면……."

"다른 마법사 구하면 되지."

태양은 별것 아니라는 듯이 이야기했지만, 란도 태양도 그렇지 않다는 사실을 알았다.

태양도, 란도.

전장에서 서로와 가장 많은 시간을 보냈다.

란은 태양의 호흡, 말 한마디에서 그가 어떻게 행동할지 전조를 읽을 수 있는 수준에 다다랐다.

물론 태양도 마찬가지다.

란의 풍술은 최전선의 다른 마법사가 대체할 수 있을지 몰라도, 오랜 시간 태양과 맞춰 온 호흡은 그렇지 않다는 이야기다.

"란, 그리고 말이야. 우리, 그 '계약' 있잖아."

"응."

"그거, 그만하자."

쿵―.

다시 한번 심장이 덜컹거린다.

태양이 멋쩍게 웃었다.

"사실 진작에 이야기하려고 했었는데, 솔직히 불합리하잖아? 사실 내 그 뭐냐……. 도덕적인 신념? 이런 거에도 안 맞고. 그때 했던 말은 그냥 네가 나랑 같이 미궁을 올랐으면 해서 했던 말인데……. 솔직히 너한테는 좀 심각한 제약이잖아."

우리가 이제 그런 거에 얽매이지 않아도 될 정도로 친해지기도 했고.

덧붙이는 태양의 말에는 쓸데없이 신뢰가 가득했다.

멍한 표정으로 내공만 휘돌리고 있는 란 앞에서 태양에 말을 이었다.

"네가 바람에 대고 한 맹세. 그거 그만할 수 없나?"

란은 필사적으로 몸에 힘을 줬다.

혹여나 목소리가 떨리지는 않을까.

"왜 없어. 주체인 네가 그렇게 생각한다면…… 할 수 있지."

"그럼, 그렇게 하자."

태양의 말과 함께, 연무장에 바람이 휘몰아친다.

후우우웅―.

말 한마디로 진행된 란과 태양 사이의 계약은 말 한마디로 깨졌다.

란이 쌓아 온 풍술은 다시 온전하게 란의 소유로 되돌아왔고, 풍술로 얽혀 있던 태양과 란의 인과는 없던 일이 되었다.

태양을 올려다보던 란의 시선은 어느새 바닥을 훑고 있었다.

좋다.

좋은 일이다.

그녀는 이제 자유의 몸이다.

"회복되면 말해 줘. 너무 걱정하지 말고. 솔직히 말해서 신성이 개화하면서 꽤 강해졌거든. 정령왕? 일대일로는 이길 수 있어. 살로몬이랑 메시아도 있고, 클랜장님이랑 막 아그리파, 강철늑대 이런 쪽에서도 나 도와준대. 의외로 천문 쪽에서도 나를 돕겠다고 나섰더라고. 정확히는 천문 일부에서. 나머지는 여전히 날 죽이겠다고 벼르고 있고. 허공이 죽고 나서 파가 갈렸다나. 잘못될 일은 없을 거야."

"……."

"회복에만 신경 써. 천천히."

그 말을 끝으로, 태양은 몸을 돌렸다.

잘된 일이다.

혹여나 태양이 불합리한 명령을 하지 않을까 마음을 졸이던 생활은 이제 끝이니까.

그런데……

"태양."

"응?"

"……조금만 기다려 주면 안 돼? 나도 갈 수 있어."

이번에는 떨리는 목소리를 드러내고 말았다.

란의 감정을 간접적이나마 눈치챈 건지, 태양의 입가에 그답지 않은 어색한 미소가 맺혔다.

하지만 결국, 태양은 제 의지를 꺾지 않았다.

이제까지 그랬듯.

"미안. 알잖아. 상황이 좀 급해."

달칵.

조심스럽게 닫힌 문.

그 문을 보며 란은 새삼스럽게 깨닫고 말았다.

그녀의 마음에 어느새 태양이 들어차 있었다는 사실을.

반대로 태양의 마음에는 비집고 들어가지 못했다는 사실을.

"이건 불공평해."

란의 목소리는 다음 스테이지로 향하는 태양을 붙잡지 못했다.

❈

아포칼립스 페스티벌 스테이지, 협곡 '용 둥지'.

크롸라라라라라라라라!

족히 수백 마리의 용이 우글거리는 산맥 앞에 역시 백 단위

규모의 오크 진영 플레이어들이 다가왔다.

크롸라라라!

크롸라라라라라!

가까이 다가갈수록 용들의 태도가 거칠어졌다.

당연한 일이다.

협곡은 용의 영역.

다른 집단이 다가오는데 아무런 반응을 하지 않을 리가 없다.

드래곤 하트에서 뿜어 나오는 용의 기파가 오크들의 기백과 부딪치고. 두 집단의 거리가 점점 더 좁혀졌다.

정도 이상의 접근에 엘더 드래곤 파실리스가 진격 명령을 내리려는 찰나.

"여기 정도면 충분하겠군."

오크들이 진군을 멈췄다.

피 튀기는 번개는 최악의 경우 55층의 클리어를 다른 종족들에게 넘길 생각까지 하고 있었다.

"윤태양을 반드시 죽인다."

"만약 놈이 여기로 오지 않는다면 어떻게 할 셈이요? 역병도시에 나타났다는데 차라리 추격하는 게 현명한 선택 아니오? 우리 푸른 늑대는 언제나 뛰쳐나갈 준비가 되어 있소."

푸른 늑대 일족의 족장이자 활강하는 매의 친형, 비상하는 독수리가 거친 목소리로 우렁거렸다.

피 튀기는 번개는 대수롭지 않게 대답했다.

"놈은 나타날 거다."

"나타나지 않으면? 귀쟁이 놈들과 우리가 불을 켜고 찾는다는 사실은 놈도 알고 있을 텐데."

"만약 나타나지 않으면."

쿵.

피 튀기는 번개가 가볍게 다리를 굴렀다.

크롸라라라라라라!

크롸라라라라라라!

강력한 기파를 감지한 용들이 마주 함성을 질러 댔다.

"크라오라를 사냥한다."

"사냥!"

"정령 놈들과도 이야기가 됐다. 광기의 요정은 절대로 잡을 수 없지. 크라오라를 사냥하면 윤태양이 애프터 아포칼립스를 경험할 방법은 없어진다."

둘의 이야기를 듣던 다른 부족장들의 동공이 확장됐다.

용 군단장 크라오라를 사냥한다.

그 말인즉슨, 이 중 누군가는 애프터 아포칼립스를 경험할 수 있게 된다는 의미였다.

"엘프 놈들을 사냥에 끼워 줄 이유가 있소?"

"아니, 대족장의 말이 옳아. 뒤통수가 보이면 치고 보는 게 놈들의 천성이잖나."

"암. 걱정할 필요가 뭐 있나? 더 용맹하게 싸우는 건 당연히 우리일 터이니, 유물 역시 우리의 차지가 될 것인데."

그 누구보다 욕망에 솔직한 남자들의 호쾌한 떠벌림.

피 튀기는 번개가 웃었다.

윤태양이 얼마 지나지 않아 반드시, 이곳에 나타날 것임을, 그는 확신하고 있었기 때문이다.

아포칼립스 페스티벌 스테이지, 부유하는 역병의 섬.

아포칼립스 페스티벌 스테이지는 49~54층의 차원을 한 곳에 구겨 넣은 듯한 광경이었다.

한 차원을 멸망시키는 여섯 개의 재해가 억지로 모여 있는 곳.

힘없는 이에겐 차라리 죽는 게 현명한 판단일 정도의 생지옥.

태양 일행의 스타팅 포인트는 부유하는 역병의 섬이었다.

"……끔찍하네."

피부에서 자라는 근섬유를 끊임없이 씹어 대는, 척 봐도 제정신이 아닌 노인.

목에서 돋아난 촉수에게 잡아먹히는 어린아이.

이가 모조리 뽑히고, 잇몸에서 기생충을 뱉어 내는 남자.

기형(畸形)은 그 출처가 인공적이든, 자연적이든 정상인의 시각에서는 역겨울 수밖에 없다.

역병 퇴치 스테이지에서 본 생체 병기화한 인간도 끔찍했지만, 인간 본연의 모습으로 썩어 가는 시체가 뛰어다니는 장면 역시 그에 못지않았다.

스테이지 입장 즉시 유리 막시모프는 마법으로 주변을 완벽하게 차단했다.

차원 하나를 통째로 말살한 역병은 최전선의 플레이어라고 피해 가지 않는다.

부유하는 역병의 섬은 눈 깜빡이는 사이 안구가 녹아내리고, 들숨 한 번에 폐가 썩어 버리는 공간이었다.

안전함을 확인한 유리 막시모프가 태양 일행에게 설명했다.

"아포칼립스 페스티벌 스테이지는 생존형 스테이지야."

약속된 기한은 없다.

일정 주기를 기점으로 여섯 가지 재해 중 하나가 일시적으로 사라졌다가 다시 나타나는데, 이 광경을 눈으로 목격하면 클리어다.

"재해 하나가 사라지는 걸 직접 목격하면 클리어 자격이 생기는 거지."

─이거 깨면 윤태양 55층 가는 거 아님?
─영광의 무덤 ㄷㄷ 진짜 최전선.

-여기 깨면 윤태양이 역대 최고층 깨는 거네.

-KK 때는 아직 여기 층으로 나눠져 있었는데 ㅋㅋ.

-늦게 와서 꿀 빠네.

-ㄹㅇㅋㅋ.

-——————— 진지충 미리 절취선 ——————

아포칼립스 스테이지로 통합되기 전 여섯 개의 층으로 나뉘어 있던 스테이지는 각각 콘셉트가 있었다.

역병, 용, 홍수, 쾌락, 전쟁, 기근.

여섯 차원을 멸망에 이르게 한 여섯 가지 재해다.

"아포칼립스 페스티벌 스테이지는 원래 6개로 나뉘어 있던 재해 지대 세계관을 한 차원에 섞어 놓았다고 보면 돼."

메시아가 주변을 둘러보며 물었다.

"여긴 역병이 창궐한 곳이군요."

"응. 경우에 따라서 다른 재해가 더 있을 수도 있어."

살로몬이 물었다.

"재해가 사라진다는 게 뭡니까? 역병이나 홍수와 같은 재해는 광범위한 지대에 일어나는 재해잖아요. 그럼 그 광범위하게 퍼져 있던 플레이어들이 동시에 클리어 조건을 만족하게 되는 겁니까?"

유리 막시모프가 고개를 끄덕였다.

"사실 눈으로 직접 관측할 필요도 없어. 한 개의 재해가 사라지는 시점에 스테이지에 발을 붙이고만 있어도 돼."

"생각보다 후하네요."

유리 막시모프가 고개를 끄덕였다.

"자주 일어나는 일이 아니니까."

땅따먹기 스테이지와 해협 스테이지는 일정 주기로 스테이지를 클리어하는 창구가 열렸다.

하지만 아포칼립스 페스티벌 스테이지는 달랐다.

플레이어가 할 수 있는 건 그저 재해를 견뎌 내면서 빨리 스러지라고 기도하는 것뿐이었다.

─플레이어에게 주도권이 없다. 안 좋은 소식이네.

현혜의 말을 듣기라도 한 듯, 유리 막시모프가 말을 이었다.

"빨리 클리어하는 방법이 아예 없는 건 아니야."

유리 막시모프가 태양을 바라봤다.

태양이 원하는 게 스테이지의 빠른 클리어라고 생각했기 때문이다.

하지만 태양은 다른 걸 물었다.

"그거보다 궁금한 게 있습니다. 애프터 아포칼립스, 그러니까 유물을 얻는 방법은 뭡니까?"

그때 똑똑─, 허공에서 노크 소리가 들려왔다.

유리 막시모프가 소리가 난 곳을 바라보자 마법진이 해제되며 풀플레이트 메일을 착용한 금발의 기사가 나타났다.

아그리파 기사단장, 카인이다.

"제가 설명 드리죠."

듣기 좋은 저음의 목소리가 태양 일행의 귓가를 울렸다.

"그나저나 운이 좋네요. 스타팅 포인트가 같다니."

카인이 싱긋 웃었다.

카인의 뒤에는 수십 명의 기사가 도열해 있었다.

그리고 그중에는 태양이 아는 얼굴도 하나 있었다.

순백의 검을 허리에 차고, 그와 대비되는 흑발을 허리까지 늘어뜨린 여기사.

아그리파 기사단 1번대 대장, 라빈이었다.

─1번대 대장 라빈, 그리고 그 옆에 서 있는 이마에 번개 모양 스크래치를 낸 기사가 아마 2번대 대장 레이튼이고.. 아그리파 기사단 주 전력을 죄다 데려온 모양인데?

카인이 사람 좋은 미소를 띤 채 태양에게 앞으로 걸어 나왔다.

"유물, 애프터 아포칼립스를 얻는 방법은, 유리 양이 말씀하신 스테이지를 일찍 클리어하는 방법과 같습니다."

태양이 듣고 있다는 의미로 가볍게 고개를 까딱였다.

"재해의 근원을 없애면 됩니다. 다만, 이미 스테이지를 클리어한 플레이어는 제외하고, 이제 막 스테이지에 올라온 플레이어들만으로요. 정리하자면, 우리가 도와서 재해를 사냥하면 클리어만 가능. 당신이 스스로의 힘으로 재해를 잡아내면, 유물까지 사용 가능. 간단하죠?"

"아, 도와줄 수는 없는 겁니까?"

"안타깝게도 그렇습니다."

재해의 근원을 사냥하는 과정에서 이미 스테이지를 클리어한 플레이어가 개입하면 유물이 나타나지 않는다고 했다.

여기서 또 역설적인 것이, 나타난 유물을 사용하는 건 스테이지를 클리어한 플레이어라도 상관없다고.

"물론 저는 제가 직접 사냥해서 얻은 유물을 사용했습니다. 그 과정에서는 단원분들의 도움이 있었지만요."

그렇다면 재해의 근원이 무엇이냐.

카인은 그들을 역병, 용, 홍수, 쾌락, 전쟁, 기근을 퍼뜨리는 여섯 괴물이라고 설명했다.

간단히 말하자면 보스 몬스터라는 이야기였다.

대모 좀비(Godmother Zombie).

용 군단장 크리오라.

홍수의 근원 독 빠진 항아리.

서큐버스 퀸.

광기의 요정 벨란시아.

그리고 생명을 갉아먹는 아크 리치 옥타비오.

"사냥에 성공하면 그대로 재해 하나가 스테이지에서 사라집니다. 물론 아예 사라지는 게 아니라, 일정 주기 뒤에 다시 나타나더군요."

카인은 설명을 이어 갔다.

"재해가 스테이지에 나타나는 주기는 그렇게 길지 않지만, 근원이 리젠되는 주기는 깁니다. 그리고 더욱 까다로워집니다. 이제껏 두 번 사냥당한 건 광기의 요정 벨란시아 하나뿐일 정도로. 뭐, 사실 꽤 많은 재해가 아직 리젠 중에 있지만 말입니다."

강력하지만, 사냥하는 즉시 플레이어의 무력을 끌어 올려 주는 유물을 주는 상대다.

리젠 중에 있는 게 당연한 일이다.

"표정을 보아하니, 근원을 사냥하고 싶으신 모양이군요."

"네, 뭐."

"유일하게 3개의 유물을 모두 사용해 본 입장에서 말하건데, 애프터 아포칼립스를 얻는 게 가장 어려웠습니다."

덧붙이는 말에도 태양은 표정 변화가 없었다.

기대하지도 않았다는 듯 어깨를 가볍게 미간을 찌푸린 카인이 말을 이었다.

"대모 좀비, 독 빠진 항아리, 서큐버스 퀸은 이미 사냥당했습니다. 리젠 중이죠. 언제 나타날지는 모릅니다."

"남은 근원은 3마리뿐이라는 말입니까?"

"긍정적으로 보면 그렇습니다."

"긍정적으로 보면?"

"안타깝게도, 기근의 근원 아크 리치 옥타비오가 사냥되었을 가능성이 큽니다. 확실하지는 않지만, 엘프 진영에서 추가 사냥에 성공한 것으로 추정하고 있습니다."

신컨의
원코인
클리어

"흐음."

태양이 턱을 쓰다듬었다.

카인의 말에 따르면, 현재 스테이지에 남아 있는 근원은 용 군단장 크리오라와 광기의 요정 벨란시아뿐이다.

그리고 당연한 이야기지만, 이 둘이 스테이지에 존재하는 이유는 사냥하기 어렵기 때문이다.

"두 번째로 리젠된 용 군단은 당장 진영 하나에 버금가는 전력입니다. 근원 개체의 무력도 강력한데 마릿수가 장난이 아니다 보니 건드릴 수가 없더군요."

후욱―.

어김없이 연기를 뱉어 낸 살로몬이 물었다.

"광기의 요정 어떻습니까?"

"광기의 요정 벨란시아는…… 세 번째로 리젠된 이후 발견된 적이 없습니다. 본래 전투력이 강한 개체는 아니었는데, 세 번째 개체는 은신과 도주 측면에서 측정하기 어려울 정도로 강화되었더군요."

태양이 물었다.

"그렇다면, 지금 위치를 확정적으로 알 수 있는 근원은 용 군단장 크리오라뿐이겠네요?"

"네. 용 군단은 항상 협곡에 진을 치고 있으니까요. 근데 정말로 잡으러 갈 겁니까?"

"필요한 일입니다."

"……방법은 있습니다만, 많이 위험할 겁니다. 도박에 가깝습니다. 생각을 재고해 주실 수는 없습니까?"

태양은 말없이 고개를 저었다.

단호한 태도에 카인 뒤에 도열한 기사들 사이에서 웅성거림이 튀어나왔다.

"단장님이 기껏 설명해 주시는데 들은 척도 안 하네."

"자기가 최고인 줄 아는 거지."

"아니, 지금 누구 때문에 우리가 여기서 이러고 있는데……."

유리 막시모프가 나지막이 중얼거렸다.

"카인 말대로, 쉽지 않을 거야."

"용. 제가 제일 잘 잡는 괴수 중 하납니다."

믿으실지 모르겠지만, 내가 용왕이랑 맞다이도 이긴 사람이거든.

꽃

통합 쉼터, A등급 여관. 연무장.

태양이 떠나고 얼마나 시간이 흘렀는지, 란은 알지 못했다.

란을 뒤로한 채 떠나가는 태양의 뒷모습은 그녀에게 시간도 잊고 몰입할 정도의 집중력을 주었다.

그리고 그 과정에서 업적의 위대한 성능을 또 한 가지 발견했다.

신권의
원코인
클리어

정양 과정에서 가장 오랜 시간이 드는 두 가지.

손상된 단전의 수리.

그리고 쇠한 영혼의 회복이다.

란은 단전의 수리를 일단락하고 영혼의 회복 단계로 넘어가려는 차에 영혼이 이미 모두 회복되어 있음을 깨달았다.

분명히 진원진기, 즉 그녀의 영혼에서 기운을 퍼올려 사용했다.

하지만 그녀의 영혼은 전혀 쇠하지 않았다.

회복 과정에서 관측한 그녀의 영혼은 오히려 비대해져 있었다.

'좋아.'

이제 그녀가 다시 회복하기 위해선 한 가지 관문만 남았다.

혈도.

바람의 정령왕을 붙잡아 놓을 정도의 기원을 부리는 풍술은 란의 혈도 역시 반쯤 초토화시켜 놓았다.

극한의 몰입 속에 고통을 희석해 낸 란은 기어코 단전을 대충이나마 고쳐 내고, 풍술을 펼칠 수 있을 만큼 몸을 회복했다.

내기를 풍술을 통해 순환시킨다면 혈도 역시 회복할 시간을 갖게 되리라.

풍술은 스킬이 아니라 란이 평생을 들여 쌓아 온 기술이기에, 쉼터 안에서도 펼칠 수 있었다.

후우웅─.

란의 바람이 통합 쉼터 곳곳에 스며들기 시작했다.

여관, 식당.

플레이어들이 건축한 거리 곳곳으로.

아그리파 기사단이 해협 스테이지에서 컨테이너 무기 상점.

강철 늑대 용병단의 88층짜리 클랜 하우스 빌딩.

위치스 클랜의 마녀의 집에는 강력한 마력 방비가 되어 있어 접근조차 하지 못했고, 반대로 마라이나 수도회의 신전은 너무 열려 있어서 당황스러울 정도로 세세하게 파악할 수 있었다.

그렇게 뻗어 나간 란의 바람은 창천 차원 출신 플레이어들의 영역에도 닿았다.

개룡문, 사사방, 소강채 등등의 소규모 문파의 밀집 지역을 지나.

기어코 그들의 중심, 천문의 클랜 하우스에까지 닿았다.

그리고, 집중하던 란이 저도 모르게 눈을 부릅떴다.

"······다행이야. 풍술사는 부상 때문에 쉼터에 남았다더군. 꼬리를 눈치챌 가능성은 거의 없어."

"그래도 놈들에게 직접 꼬리를 붙이지는 않는다. 아그리파, 강철 늑대. 다른 클랜은 우리에게 적개심이 없잖아. 그들에게만 붙여도 충분해."

"예상대로 윤태양은 크라오라를 사냥하고 애프터 아포칼립스를 사용할 계획이다."

"······목숨이 아깝지 않은가? 우리야 좋지만."

"카인이 절대적 협력을 약속했다."

"뻔하군. 용 군단의 거처, 협곡의 지형을 이용해 근원 앞에 보내려는 속셈이다."

"오크 쪽에 전서를 보내겠다."

"확인."

그쯤, 천문의 클랜 하우스에서 피어 나온 내공의 파장이 란의 바람에 개입하기 시작했다.

"죽일…… 있다. 반드시 우리가 죽여…… 빼앗기면 안 돼."

"예련 그…… 먼저 움…… 테…… 정보가 없다. 구휘 그 늙은 여우만……."

"강모…… 하지만 악도군이……."

"악도군은 관망만……. 배제해."

"잠깐…… 쥐새……."

란이 번쩍 눈을 떴다.

천문이 태양을 노리고 있었다.

그것도 오크들과 내통해서.

아포칼립스 페스티벌 (2)

아포칼립스 페스티벌 스테이지, 부유하는 역병의 섬, 협곡 '용둥지' 상공.

"새삼스럽네요."

"뭐가요?"

"제가 사냥한 재해의 근원도 크라오라였거든요. 첫 번째지만."

"아."

"제가 사냥한 녀석이 더 약했겠죠. 심지어 당시의 아그리파 기사단은 천문과 연대해서 겨우 사냥했었습니다. 하지만…… 믿겠습니다."

솔직히 카인은 이번 크라오라 사냥을 부정적인 시각으로 바라보고 있었다.

'본인에게 방법이 있다니 믿어는 보겠지만……'

태양이 주위를 둘러봤다.

아그리파 기사단.

그러나 천문의 무인들, 강철 늑대의 용병들, 위치스의 마녀들.

스테이지 곳곳에 떨어졌을 인간 진영의 플레이어들이 어느새 태양을 돕기 위해 몰려들어 있었다.

―뭔가 찡하네.

―역시 윤태양이 주인공이다!

―현실은 가기 싫은데 윤태양이 찡찡거려서 가는 거죠?

―뭔 찡찡이야. 남들이 보기엔 찡찡이지만 우리가 그러면 안 되지. 우리는 윤태양 사정을 아는데.

―NPC도 사람이야! 난 쟤네 입장에서 생각한 거임.

―ㅋㅋ 부모님 입장에서 생각했으면 뱃살 쿰척거리면서 하루 왠 종일 방송이나 볼 생각은 못 했을 텐데. 아쉽네.

―워워.

―패드립 쳐 돌았나.

―워워 ㅇㅈ ㅋㅋㅋ.

―딜미터기 터진다. ㄷㄷ.

언제나 유쾌한 동시에 살얼음판 같은 채팅 창.

태양은 어쩌면 인류의 본질이 여기에 있지 않을까 생각했다.

조금이라도 즐거운 일에 공감하기 위해 오히려 공감을 하지 않는 것.

아무리 심각한 상황 앞에서라도, 자기 일이 아닌 이상 웃고 떠들 수 있는 것.

물론 방송을 진중하게 보려는 사람도 많았지만, 그 이상으로 웃고 떠들고 싶은 사람들이 많다.

"뭐랄까. 살짝 정들어 버렸네."

"예?"

"아, 아닙니다."

카인이 말을 이었다.

"요점은 이겁니다. 우리는 크라오라를 사냥했지만, 용 둥지의 구조는 바뀌지 않았습니다. 리젠된 크라오라가 용군단을 이끌고 다시 들어왔을 뿐이죠. 즉, 당신들은 우리가 파 놓은 '개구멍'에 들어가서, 크라오라를 암살해야 합니다."

용 군단장.

카인이 사냥한 첫 번째 개체만 해도 평범한 고룡 이상의 개체였다.

그런 괴수를 사냥하는 건 쉽지 않은 일이다.

수십 쌍의 파충류 동공이 둥지 상공을 지나가는 역병의 섬을 노려봤다.

"최대한 빨리 사냥해야 합니다. 다른 용들이 들러붙기 시작하면 답이 없습니다. 보시면 알겠지만, 최소 성룡급 개체입니다."

태양 일행을 위해서 아그리파 기사단을 비롯한 다른 인간 진영의 플레이어들이 바깥에서 주의를 끌어주긴 할 테지만, 한계가 있다.

미네르바가 태양 일행, 더 정확히는 유리 막시모프 클랜의 일원들에게 은신 마법을 걸어 줬다.

유리 막시모프는 안내자 역할까지만 하고 둥지를 빠져나올 예정이었다.

"그럼."

"건투를."

서로가 묵례하고, 이내 태양 일행이 뛰어내렸다.

잠깐 바라보던 카인이 홀로 중얼거렸다.

"목표는 스테이지 클리어가 아니라 애프터 아포칼립스였다."

애프터 아포칼립스.

카인에게도 인생에는 다시없을 강렬한 경험 중 하나였다.

어떻게 표현해야 할까.

수많은 세월의 계승?

강제로 깎여 나가며 이루어지는 영혼의 강화?

한순간이나마 인간이라는 종을 탈피하는 듯한 전능감?

단탈리안은 태양에게 자신의 신성을 찢어 나눌 때부터 이 경험을 안배했다.

신성의 개화를 통해 태양의 육신이 초월에 닿는다.

그리고 애프터 아포칼립스를 통해 정신을 각성시킨다.

그렇게만 된다면, 정말 마왕에 대적할 수 있을지도.

비록 마왕의 힘을 빌려 강해지는 거지만.

라빈이 다가왔다.

"오크와 엘프들의 움직임을 관측했습니다."

"아아, 주변이지?"

"네. 행선지를 예상한 것 같습니다."

"뭐, 어렵지 않은 일이니까."

다른 근원들이 살아 있었다면 선택의 여지라도 있었겠지만. 상황이 그렇지 않았다.

"피 튀기는 번개인가?"

"모습을 관측하진 못했습니다만, 용들이 한곳에 일정 이상으로 밀집해 있습니다. 전쟁을 준비하는 것처럼. 아마도 우리 같이 대규모로 움직였을 가능성이 큽니다."

"왔겠군."

아그리파 기사단장 카인, 피 튀기는 번개.

그리고 하이엘프 소린.

가장 대표적인 애프터 아포칼립스를 사용한 플레이어다.

애프터 아포칼립스를 사용한 플레이어 중 제대로 된 성과를 보지 못한 건 소린뿐이었다.

카인과 피 튀기는 번개는 애프터 아포칼립스를 경험한 후 확실한 성장세를 보였다.

그런 피 튀기는 번개인 만큼, 이렇게 병력을 끌어모아 올 수밖에 없었으리라.

그렇지 않아도 강한 태양이 애프터 아포칼립스를 사용하여 성장에 탄력을 받는 꼴은 보고 싶지 않을 테니까.

"경계하고 있을 거야."

"네."

"그리고 우리도 곧 발견하겠지."

카인이 유리 막시모프의 말에 동의했다.

오크는 무식하게 생겼지만, 무식하지 않다.

예민하고, 체계적이며 유능하다.

인간 진영이 오크 진영을 발견했다면, 오크 진영도 인간 진영의 움직임을 포착했다고 생각하는 게 정확할 정도로.

"강철 늑대 쪽은?"

"이미 움직였다고 합니다. 구휘 이하 천문 클랜원도 그들을 따라갔고요."

"의외네? 실버 아저씨, 요즘 들어 느슨해지신 거 같았는데."

"플레이어 윤태양을 포섭하고 싶은 모양입니다. 기록으로라도 유능한 모습을 남기고 싶으신 거겠죠."

카인이 작게 미소 지었다.

"하긴. 저 친구, 실버 아저씨 취향이긴 하지."

"싫어하는 척하시지만, 사실 누구보다 저런 타입의 사람을 좋아하시니까요."

"그나저나, 저쪽에서 움직였으면 우리도 이렇게 느긋하게 있을 때가 아니잖아."

아그리파가 너무 늦게 움직이면 강철 늑대만 독박을 쓰는 형국이 된다.

작금 상황은 인간 진영 플레이어들의 공동의 이득, 그리고 신뢰를 담보로 움직이고 있었다.

"네. 곧바로 출동할 수 있도록 미네르바에게 이미 일러뒀습니다."

출동.

협곡 주변에 모인 오크 진영을 습격하는 계획이다.

"그래. 새삼…… 오랜만이네. 이렇게 주도권을 쥐는 거."

"윤태양 덕분이죠."

"그것도 그런데, 이렇게 휘두르는 건 정말 몇 번 없었잖아."

인간 진영은 단합이 잘되지 않아서 주도권을 쥔 타이밍에도 어영부영하다가 흘리는 일이 많았다.

카인이 작게 주먹을 쥐었다.

단합만 잘되면, 인간 진영이 가장 강하다.

카인은 그렇게 믿었다.

윤태양 덕분에 잠시나마 뭉친 인간 진영.

지금이 차원 미궁의 판도를 바꿀 타이밍이었다.

라빈이 보고했다.

"단장님, 오크 진영이 육안으로 관측됩니다."

부유하는 섬에서 내려다보는 시야에 오크 진영의 군락지가 나타났다.

"가죠."

건조한 카인의 목소리와 동시에.

직할 1번대.

그리고 정규 1번대, 2번대, 3번대.

인간 진영의 최정예 전투 집단 아그리파 기사단원이 오크 진영을 향해 떨어져 내렸다.

＊＊＊

용 둥지 내부.

향련각주 예련이 손가락을 까딱거렸다.

"출발했겠지?"

무영각주, 강모가 그 모습을 보며 입술을 비틀었다.

"섬이 지나간 지 한참 지났다. 관측은 못했지만…… 그건 미네르바 때문일 테고. 시간상으론 최소 둥지 초입에 진입했을 거다."

강모와 예련의 뒤편으로는 향련각과 무영각의 소속원들이 일렬로 서서 서로를 경계하고 있었다.

그들이 숨어 있는 곳은 카인이 용 군단장 크라오라를 암살

할 때 만든 동공이었다.

더 정확히는 천문과 아그리파가 협력해서 만든 동공이다.

'당시 카인과 대적할 만한 문하생이 없는 바람에 초월 병기를 놓치고 말았지만 말이지.'

여하간, 현재 천문의 플레이어들이 위치한 동공은 태양을 암살하기에는 최적의 스팟이었다.

강력한 플레이어의 마나 파장을 감추기 위해 온갖 기척을 숨겨 주는 장치가 되어 있고, 혹시나 벌어질 전투에 대비해 하중이 많이 실린 부위에는 보강 마법까지 걸려 있다.

정리하자면 소규모 전투가 일어나도 용들이 눈치채기 어려울 정도의 시설.

강모가 불만족스러운 표정으로 머리를 쓸어넘겼다.

오크들을 불러 인간 진영의 S등급 클랜들이 오크와 엘프를 견제하게 만들고, 태양 일행을 동공 내부로 끌어들인다.

모두 강모의 머리에서 나온 계략이었다.

그런데 식탁을 차려 놓고 맛있게 숟가락을 들려니, 예련이라는 불청객이 밥주걱을 쥐고 떡 하니 나타났다.

'그것도 저년 혼자면 모르지.'

강모가 가자미눈을 한 채 예련 뒤에 멍한 표정으로 앉아 있는 사내를 바라봤다.

제 검을 그 무엇과도 바꿀 수 없는 보물인 양 소중하게 품고 있는 사내.

검에 미친 남자, 검치 유성이다.

한참 손가락으로 제 허벅지를 또닥거리던 예련이 다시금 물어왔다.

"이거 괜찮은 거 맞아? 되살아나면서 용들도 강해졌잖아. 들키지 않고 탈출할 수 있을까?"

불안할 수밖에.

강모가 차려 놓은 밥상이다.

반찬이 뭐가 있는지, 반찬의 원재료가 무엇인지 예련은 모르니, 불안할 수밖에 없다.

그나마 예련은 머리가 뛰어난 것도 아니고, 무예와 전투 실적만으로 각주에 오른 인물이었기 때문에 더욱 그럴 수밖에 없었다.

한참을 불안해하던 예련이 제멋대로 결론을 지었다.

"들키면 뭐 어때. 그럼 여기서 살아남는 사람이 천문을 먹는 거지."

강모의 입술이 다시금 비뚤어졌다.

"일이 성공적으로 끝나고, 우리가 다 살아남으면 어떻게 할 생각이냐?"

"아, 강모. 나도 그렇지 않아도 그 부분에 대해서 생각을 좀 해 봤는데 말이지."

예련이 신난 표정으로 재잘거렸다.

"구휘, 그 늙은이만 확실하게 실각시키고, 천문은 우리가 둘이서 나눠 먹자. 어때?"

"둘이서 나누자고? 문파를 분할하자는 이야기냐?"

"그래. 좋잖아? 나는 검치 가지고, 너는 악도군 데려가면 되겠네. 아, 천안부는 반 갈라서 가져갈게."

상식적으로 백 단위의 집단이 그렇게 말처럼 쉽게 분할될 일이 아니건만, 예련은 마치 종이접기 하듯 간단하게 이야기했다.

강모가 속으로 감탄했다.

'십 할. 자기가 말하는 게 어떤 의미인지 모를 확률이 십 할이다.'

언제 봐도 뇌가 참 창백한 여자다.

어떻게 저 위치까지 올라갔지?

예련의 뒤에 앉은 검치는 별생각 없는 표정으로 쩌억, 하품하고 있었다.

"그나저나 검치는 어떻게 설득한 거냐."

"흐흥. 다 방법이 있지."

예련이 콧소리를 내었다.

강모는 이 멍청한 여자가 검치를 어떻게 설득했는지가 정말로 의문이었다.

검을 제외하면 모든 부문에서 백치나 다름없는 인물이어서 검치다.

이번 일이 들어오기 직전까지만 해도 강모가 끊임없이 설득했건만, 꿈쩍도 하지 않았었다.

"네 무공이라도 넘기겠다고 한 거냐?"

"내가 미쳤어? 원향각(元香脚)은 가문 비전이거든?"

"그럼 도대체."

외모로 유혹하기라도 한 건가.

차라리 그게 가능성이 있을지도.

뇌는 창백하지만, 외모만큼은 강모 스스로도 인정할 정도로 아름다운 여자였으니.

강모가 쓸데없는 생각에 열중하고 있는 사이 무영각의 1조 조장, 유학이 슬쩍 다가와서 귀엣말을 남겼다.

"특이사항?"

"예. 기록된 것보다 운무가 훨씬 심합니다. 동공을 둘러싼 바람도 훨씬 거칠고…… 내기가 무겁다고 불안해하는 요원이 몇 있습니다."

"어쩔 수 없어. 되살아난 근원은 강해지잖아."

"그래도……."

스릉.

청명한 검음과 함께, 검치가 자리에서 일어났다.

"유성? 무슨 일……."

"기습."

스타버스트 하이킥(Starburst High Kick) - 캐논 폼(Canon Form).

스킬 합성.

액셀러레이터(Accelerator) + 원소 방패 - 화(火).

신컨의
원코인
클리어

파이어 실드 차지(Fire Shield Charge).

유성의 말과 동시에 번뜩이는 빛이 동공을 가득 메웠다.

⊰৺⊱

과거, 가상현실 게임이라는 장르가 아직 개발되지 않았을 적의 시절, 게임의 장르는 무수히 많았다.

게임사가 제작한 세계 안에서 역할을 부여받아 모험을 즐기는 장르, RPG 게임.

킹 오브 피스트와 같은 일대일 대전 격투 게임.

총, 화살 등의 발사 무기로 상대방을 공격하는 1인칭 슈팅 게임(FPS).

실시간으로 생산과 전투를 반복해 상대방을 멸절시키는 실시간 전략 시뮬레이션 게임(RTS).

거기에 RPG와 RTS가 만나 AOS라는 새로운 장르가 파생되기도 하는 등, 게임의 장르는 상호작용하며 진화해 왔다.

이는 지구의 인간이 얼마나 게임을 좋아했는지 알 수 있는 하나의 지표다.

그리고 그런 만큼, 게임을 잘하고 싶은 사람은 많았다.

그래서 게임을 잘하기 위해 게임 연습을 하는 사례가 생겨났다.

가장 대표적인 장르가 FPS였다.

게임 안에서 총을 잘 쏘기 위해 시간을 들여 마우스 커서를 목표물에 가져다 대는 연습, 즉 에임(AIM)을 연습하는 사람이 생겨난 것이다.

물론, 연습을 긍정하는 사람도, 부정하는 사람도 있었다.

대부분 효율성의 문제였다.

연습을 긍정하는 사람들은 연습을 통해 플레이어의 게임 실력을 효율성 있게 향상할 수 있다고 생각했다.

반대로 연습을 부정하는 사람들은 단순히 에임만을 연습하는 건 인 플레이 상황에서 그다지 도움이 되지 않는다고 봤다.

게임의 승패를 좌우하는 요소 중 에임이 차지하는 비중은 20%가 채 되지 않는다.

게임을 잘하고 싶으면 에임 연습을 할 게 아니라 게임을 한 판이라도 더 하는 게 효율성이 된다는 게 그들의 의견이었다.

하지만 에임 연습을 부정하는 사람들도 인정하는 사실.

에임 실력이 극한에 달하면 다른 요소를 무시한 채 게임을 이길 수 있다. 물론 에임 실력이 극한에 다다르는 건 치트를 사용하든가, 상위 0.01%의 괴물만 오를 수 있는 경지다.

에임 연습을 부정하는 사람들은 평범한 99.9%의 사람들이 그 경지에 오르지 못함을 알기에 연습을 부정했다.

별림은 그게 꼭 창천 차원 출신의 플레이어들이 무공을 수련하는 것과 비슷하다고 생각했다.

무공은 실력을 검증하는 하나의 척도인 동시에, 전투의 승패를 반드시 결정짓는 요소는 아니었다.

낮은 숙련도로, 겉핥기로만 펼칠 줄 알아도 더 높은 경지를 이룬 무인과 대결이 성립했다.

상황에 따라 경지가 낮은 무인이 높은 무인을 이기는 사례가 비일비재하게 일어나기도 했고.

그리고 운룡처럼 마냥 무공 자체만 파는 것보다는 미궁을 오른 다른 천문의 플레이어들처럼 실전을 겪는 게 결과적으로 더 빠른 성장을 이뤄 냈다는 사실 역시 FPS 게임의 에임 연습 사례와 유사했다.

그리고 결정적으로.

"오빠 같은 괴물이 결국 다 씹어 먹는다는 것도 같네."

강모는 어안이 벙벙한 표정이었다.

콰득.

동시에 밟은 진각.

강모가 내기를 채 끌어 올리기도 전에, 태양의 주먹은 강모의 턱을 강타했다.

콰아아앙!

"저번에 대련하면서부터 느낀 건데, 무인들은 업적 좀 많이 쌓으니까 생각을 안 하더라고. 강하게 때리는 게 싸움의 전부가 아닌데 말이야."

턱에 들어간 클린 히트는 말 그대로 전투의 승패를 결정짓는 한 방이었다.

강모도 미궁을 오르며 쌓은 업적이 있기에 초인적인 히트 리커버리로 혼절은 면했지만, 태양 역시 초인의 영역.

태양은 강모가 보인 작은 틈을 잡아뜯었다.

비틀거리는 다리에 그대로 레그킥.

움찔거리는 승모근을 관찰하는 동시에 다시 한번 레그킥.

"커헉."

강모가 헛숨을 들이쉬었다.

정강이뼈에 최소 실금이 갔을 거다.

레그킥 역시 엄청난 통증을 일으키는 기술이기에, 멘탈 흔들기도 좋고.

태양은 리듬을 타며 강모의 신체에 손발을 꽂아 넣었다.

강모가 정강이를 슬쩍 올리자마자 하이킥으로 머리를 흔들고, 두 팔이 머리 부근으로 올라감을 확인함과 동시에 허벅지 사이에 먹이는 프론트 킥.

—어우.

—남자면 다 쫄았다.

—동업자 정신 없네;

가드 위를 다시 한번 두들겨 주의를 돌리고, 이번에는 빈 복부에 바디 블로를 먹였다.

적용되는 동작에는 스킬화를 곁들인 무공이 발출되고, 그렇지 않으면 단순히 마나를 먹인 주먹으로 때린다.

창천 출신의 무인과 확연히 다른 움직임.

분명 차원 미궁에 들어서기 전부터 평생을 무공을 수련했을 강모는 제대로 된 반격 한 번 없이 얻어맞았다.

콰앙.

태양의 스타더스트 하이킥이 강모의 머리를 후려쳤다.

강모가 흔들리는 시야를 필사적으로 사방으로 돌렸다.

'살아남아야 한다.'

이긴다는 선택지는 이미 뇌리에서 지워졌다.

전투 시작과 동시에 유리 막시모프가 예련을 아공간으로 데리고 들어갔고, 검치와 향련각, 무영각의 무인들에게는 나머지 플레이어들이 붙었다.

유리 막시모프, 윤태양을 제외하고도 검치를 상대할 자원이 남아 있었던 걸까.

절망적인 상황이었다.

그나마 활로를 뚫으려면 강모가 태양을 이겼어야 했는데, 태양의 기량이 세간에 알려진 것 이상이었다.

아무리 허공을 죽였다지만, 당시의 허공은 내공의 수발조차 제대로 못하는 반푼이였다.

상황이 이상하게 겹친 거라고 단정했는데.

하지만 막상 부딪친 태양의 기량은 마치 전성기의 허공과 같았다.

'배신자가 있었다.'

태양의 기량을 축소, 은폐하고, 예련과 강모의 행보를 내부에서 고발한 쥐새끼.

강모가 이를 악물었다.

'구휘, 악도군.'

둘이다.

더 볼 것도 없이, 그 둘의 합작이다.

구휘가 쥐새끼고, 악도군은 태양의 기량을 은폐했다.

"유서어어어어어엉!"

살아남으려면 힘을 합쳐야 한다.

검치 역시 그 사실을 알고 있던 듯, 강모의 함성에 반응했다.

무극(無極) - 세계종단일검(世界縱斷一劍).

파아아앙!

태양 일행이 별림의 방패 뒤에 숨었다.

별 방패.

투캉!

카드드드드드득!

베어 내는 데에는 실패했지만, 덕분에 검치와 합류에 성공했다.

강모가 목에 핏대를 세웠다.

"무영각! 향련각! 나머지를 감당해야 한다! 출신 성분을 따질 때가 아니다!"

"존명!"

분명 이제는 적의 수장이나 다름없는 강모의 말에 향련각의 무인들 역시 일사불란하게 움직였다.

전투 상황에 돌입하자 그 뿌리가 같다는 사실이 극명하게 드러났다.

"검치. 합공이다."

"명예롭지 못하군."

"그래서, 안 할 거냐?"

검치가 흰 이를 드러내며 활짝 웃었다.

"아니!"

무극(無極) - 혜성융단폭검(彗星絨緞爆劍).

일생을 바쳐 짜 올린 극한의 검식(劍式)이 동공을 폭격한다.

천뢰굉보(天牢轟步): 윤태양식(式) 어레인지.

꽈릉.

"위력은 볼 만한데, 이렇게 무거워서야 맞아 줄 수가 없네."

이죽인 태양이 검치의 뒤통수에 주먹을 박아 넣으려는 찰나, 강모가 움직였다.

대폭렬환상권(大爆裂幻像拳).

쿠과과과과과광!

역시 더 없이 화려한 일격.

새빨간 화염에 태양의 상반신을 폭격했다.

태양은 피하는 대신 고개만 살짝 꺾었다.

화염은 태양을 그슬리지 못했고, 강모의 주먹은 태양에게 닿지 못했다.

"너무 짜쳐. 마나 운용이."

"뭣!"

가벼운 라이트 잽이 다시금 강모의 턱을 흔들었다.

뒤이어 그어 온 검치의 검격이 아니었다면 다시금 두드려 맞았을 상황.

"운 좋은 줄 알아."

그 와중에 속을 긁는 태양의 한마디에 강모의 이마에 힘줄이 돋았다.

검치의 검을 피하고, 강모의 발차기를 어디선가 솟아난 살로몬의 연기 방패가 막았다.

벌어진 틈을 타 태양의 주먹이 검치의 명치를 가격하고, 뒤이어 강모의 발차기 역시 발을 뻗어 미리 제지했다.

"미쳤군."

검치가 중얼거렸다.

정확하지는 않지만, 대략 이 대 일의 합격 속에서 주도권을 잡은 게 태양이라는 사실을 믿기 힘들었다.

"얼마나 수련했지?"

"뭘?"

"무공."

파칭!

신컨의
원코인
클리어

말과 함께 뻗어 나간 검치의 검격이 태양의 손등에 튕겨 나갔다.

이 역시 동수의 무인 사이에선 일어나기 힘든 상황이다.

"글쎄. 1년은 안 됐지? 아니, 1년이 뭐야. 6개월은 됐나?"

태양은 대답하며 생각했다.

'아, 란이 아쉽다.'

란이 있었다면 주도권이 아니라 승기를 잡았을 상황이다.

살로몬의 도움 역시 나쁘지 않았지만, 그 대신 란이 들어와 있었다면……

아니, 쓸데없는 생각.

아픈 사람 데려와서 뭘 어쩌겠다고.

우드득.

태양의 손등에 힘줄이 돋았다.

"슬슬 끝내자."

강모와 예련의 습격은 반쯤 예정되어 있다고 생각하고 신중하게 접근했지만, 검치는 예상 밖의 전력이었다.

원래 계획대로라면 이미 전투는 끝났어야 했다.

'하지만, 상정한 거보다 약해서 다행이야.'

아니.

강모가 약한 게 아니라, 태양이 강해졌다.

눈동자, 근육 등을 통한 다음 움직임이 선명하게 보인다.

마나는 마치 태양의 손발처럼 의지에 딱 달라붙어서 움직이고, 마나 회로는 스스로 불순물을 밀어내 깨끗하기 그지없다.

정신을 몰입한 와중에도 아웃포커스로 전장의 상황이 무리 없이 파악되고, 그 상황을 기반으로 다음 행동을 수십 수나 예측하는 게 가능해졌다.

움직이는 태양 스스로도 신기한데, 상대하는 적들의 심경은 어쩔 것인가.

"뭐, 그건 내가 상관할 바 아니고요."

그때, 반대편에서 유리 막시모프가 나타났다.

경동맥을 붙잡은 창백한 안색의 예련 역시.

"아, 저쪽은 끝났네."

이러면 승기가 급작스럽게 기운다.

그 광경을 강모 역시 확인했다.

펄쩍.

혼신의 힘을 다해 뒤로 뛴 강모가 품 속에 손을 집어넣었다.

동시에 내기를 끌어 올리며 눈을 감는다.

주술사도 아닐 진데, 마치 주술사처럼.

누가 봐도 수상한 움직임이다.

뭐, 준비한 걸 하시겠지.

─태양!

"알아."

동공은 아그리파 기사단과 천문이 같이 만든 곳이다.

입으로 전해 들은 태양 일행보다는 당연히 저쪽이 동공의 구조에 빠삭하다.

최악의 경우, 동공에 설치된 기관 진식 역시 모두 해체해 난장판을 만든 다음 빠져나가려고 하겠지.

뻔하다.

그렇기에 대책을 준비했다.

그런데.

퍼억.

횡 베기.

스킬화에 다다른 일 검이, 강모의 목을 베어 냈다.

"뭐, 왜……?"

데굴.

바닥을 구르는 강모의 머리.

경악한 눈초리가 검치를 올려다보았다.

이 순간만큼은 동지라고 생각하고 있었기에 아무것도 하지 못하고 당할 수밖에 없었다.

검치가 태연한 표정으로 머리를 긁었다.

그리고 허공을 바라보며 중얼거렸다.

"생각보다 너무 늦었어. 이건 내 잘못 아니다. 계약은 이행해."

그리고 목이 없는 강모의 신체에서 커다란 마나 파장이 울렸다.

약 0.1초의 간격.

태양이 뒤늦게 스크롤을 찢었지만.

투웅!

"와, 젠장. 조졌네."

미네르바가 준비해 준 역산 해체 술식 스크롤을 찢었어야 하는데.

놀라서 그만.

아니, 억울해.

목이 떨어졌는데 마법은 진행된다고?

쿠과과과과광!

동공 꼭대기가 깨지며 등장하는 수십의 용.

중앙에 자리한 거대한 용이 울부짖었다.

크롸라라라라라라!

"살로몬. 일단 탈출."

"알았다."

아무리 태양이라도 한 놈이 아니라 수십은 감당 못 한다.

하나하나가 최소 성룡, 심지어 고룡도 심심치 않게 보이는 마당에.

–조짐?

–이거 못 하나.

–윤태양은 이런 거 맨날 보여 주잖음.

아니.

안 되는 건 안 되는 거다.

그때.

원시 기원 – 폭풍제(暴風祭).

거대한 폭풍이 협곡을 감쌌다.

강철 늑대 용병단장, 실버가 웃었다.

"X도 아닌 새끼들이었네. 제대로 붙으니까."

"그러니까 말입니다 형님!"

강철 늑대 용병단의 몇 안 되는 여성 플레이어, 줄리가 넙죽 허리를 접으며 대답했다.

그들의 앞에는 한 편의 도살극이 펼쳐지고 있었다.

도축 대상은, 엘프.

불의 정령왕이 죽었고, 바람의 정령왕 역시 요양에 들어갔다.

남은 건 대지와 물.

"너희들은 이제 X됐어."

엘프가 까다로웠던 건 언제 어느 상황에서도 속성의 우위를 통해 전장을 유리하게 집어삼켰다는 점이다.

뭐, 본신 전력인 정령들이 절대로 죽지 않는다는 점도 문제 였지만.

하지만 이제 전장에서 엘프 진영이 우위를 차지할 가능성은 거의 없어졌으니, 확실히 큰일이 난 게 맞다.

"어이 머드팩. 그렇지 않아?"

대지의 정령왕이 희번뜩한 눈으로 실버를 바라봤다.

"어이, 인간."

"뭐?"

"'우리'를 이길 수 있을 거라 생각하나? 목숨줄도 끊지 못하는 주제에?"

실버가 피식 웃었다.

윤태양이 불의 정령왕을 죽였다는 소문이 퍼진 지가 언젠데.

실버는 반박하는 대신 조롱을 선택했다.

"아, 알지. 걱정하지 마. 이제부터는 만날 때마다 죽여 줄게. 쟤처럼 말이야."

실버가 가리킨 곳에는 백치가 된 하이 엘프가 있었다.

천문의 대원로, 구휘의 검진에 갇혀 난도질당하는 모습이 처참하기 그지없다.

"아니. 그럴 일도 없다."

동시에 대지의 정령왕이 앙상한 팔을 내뻗었다.

물의 정령왕 역시.

실버의 눈썹이 올라갔다.

"전원 후퇴!"

검진에 갇혀 난도질당하던 하이 엘프가 히죽 웃었다.

그 모습에 피골이 상접한 대지의 정령왕도 웃었다.

"감은 좋군. 인간 주제에."

쿠웅.

난도질하던 하이 엘프를 기준으로 동그란 원이 솟아올랐다.

6개의 문자가 원 테두리에 돌아나고, 중앙에 인간은 알아볼 수 없는 곡선이 마치 문자열처럼 도열했다.

실버의 말에 후퇴하던 용병들이 동시에 동작을 멈췄다.

울부짖던 엘프들의 신음도 멈췄다.

전장의 모든 생명체가 본능적으로 겁을 집어먹었다.

정령들조차도 예외는 없었다.

두근, 두근.

크게 소리치지 않으면 바로 옆의 사람에게도 말이 전달되지 않던 전장.

이제는 크게 뛰는 본인의 심장 소리가 들린다.

다그닥.

가장 먼저 관측된 건 창백한 말이었다.

그 위에 탄, 남자의 머리에는 화려한 왕관이 쓰여져 있다.

그가 찬 거대한 망토는 말을 탄 채로도 지면에 닿아 한참을 끌렸다.

다그닥, 다그닥.

창백한 말을 탄 기품이 넘치는 왕.

"염병⋯⋯."

얼굴이 백지장이 된 실버가 가까스로 욕지거리를 내뱉었다.

누군지는 몰랐지만, 알아볼 수 있었다.

기세. 권태로운 표정. 무저갱의 동공.

마왕이다.

주변을 둘러본 왕은 나직하게 중얼거렸다.

"인간들이군."

푸르르릉.

제13계위 마왕. 경멸의 벨레드가 차원 미궁에 직접 현신하는 순간이었다.

⋙✦⋘

태양은 이미 다음 스테이지로 떠났고, 천문은 태양을 노리고 있다.

그 사실을 깨달은 순간 란은 움직였다.

혈도의 회복 역시 중요했지만, 단전과 진원진기에 비하면 혈도의 회복은 미룰 수 있는 종류의 문제였다.

그녀가 무인이라면 달랐겠지만, 풍술을 사용하는 도사에게 혈도는 상대적으로 덜 중요한 요소였기 때문이다.

실제로 혈도가 다쳐 있는 상황에도 풍술을 펼칠 수 있을 정도였으니.

란은 창천 차원 출신 플레이어들의 주거지에 진입했다.

물론, 풍술을 이용에 살금살금 정보를 엿들으려는 속셈이었다.

사실 처음에는 곧바로 운룡에게 접근하려 했는데, 운룡을 비롯한 몇몇 천문의 플레이어는 이미 스테이지에 진입해서 만날 수가 없었다.

결국 란은 직접 풍술을 통해 천문을 헤집었다.

결과는 그녀의 예상 이상이었다.

그녀의 풍술은 천문의 경계망을 효과적으로 뚫어 냈다.

향련각, 무영각, 중립.

세 갈래로 나뉜 천문은 보안 체계가 단단한 동시에 의외의 허점이 많았다.

향련각과 무영각의 무인들은 서로 얻어 내려고 서로의 보안 체계 물어뜯고 서로에게만 방비하고 있었기 때문이다.

어부지리.

덕분에 란은 손쉽게 정보를 습득했다.

풍술을 통해 천문 내부에 오가는 정보를 습득한 란이 가장 먼저 한 일은 천문의 내부 상황에서 스스로 떨어진 검치, 유성을 섭외하는 것이었다.

검치는 창천 출신의 사람이라면 살면서 한 번쯤은 보는, 흔하지는 않지만 뻔한 유형의 인간이었다.

당장 차원 미궁에도 검치 말고도 운룡이 그렇게 유명하지 않았던가.

그렇기에 그는 천문 내부의 사람들이 더 잘 알았고 그렇기에 의심받지 않을 터였다.

또한 무공에 미친 만큼 강하기 때문에 서로 자신의 세력에 영입하고 싶어 했다.

검치는 포섭할 수만 있다면 완벽한 목표였다.

물론 예련과 강모가 번갈아 가면서 검치를 섭외하려 시도했다는 사실은 알고 있었다.

그리고 실패했다는 사실 역시도.

란은 검치에게 접근했다.

권력, 금전, 명예.

검치는 당연하다는 듯이 란이 내건 모든 제안을 거절했다.

검치는 오로지 무공에만 미쳐 있었고, 그를 설득하기 위해 내걸어야 할 조건은 무공뿐이었다.

안타깝게도 란에게는 없는 것.

그때 악도군이 나타났다.

그는 검치에게 일을 성공하면 무공 대우주(大宇宙)의 심결 일부를 넘겨주겠다고 공언했다.

"왜?"

"우리 문파의…… 아니, 무영각주와 향련각주. 단 두 사람의 사사로운 이득을 위해서 인간 진영 전체에 문제를 일으킬 수는 없다."

"왜 당신이 직접 움직이지 않고?"

신전의
원코인
클리어

"그건 안 된다."

란의 질문에 악도군은 마른 웃음을 내지었다.

악도군이 움직이는 순간 천문의 세 번째 기둥인 천안부가 몽땅 따라 움직이게 되기 때문이다.

그렇지 않아도 세 조각 난 천문이다.

악도군까지 움직여 더 조각난다면 천문이라는 문파의 정체성 자체가 흔들려 버릴지도 몰랐다.

"내가 장문을 설득했다면…… 이런 일은 일어나지 않았겠지."

쓸데없이 우직하고 성실한 남자는 허공의 습격까지도 자신의 탓으로 돌리고 있었다.

"그래도 제정신인 사람이 당신이라도 하나 있어서 다행이에요."

악도군의 도움으로 거래의 물꼬가 트이고, 검치는 악도군이 내건 조건에 더해 한 가지를 덧붙였다.

아주 검치스러운 조건.

"윤태양과의 대련."

"대련?"

"응. 내가 만족할 때까지. 허공은 천재였어. 다른 부장들은 다르게 생각하는 모양이지만, 난 알아. 건강이 좋지는 않았다 해도 허공을 꺾은 윤태양은 확실히 무공의 천재야."

"……그래. 약속할게."

사실 그녀가 확정할 수 없는 종류의 제안이었지만, 상황이 상황이다.

란은 눈을 딱 감고 여섯 글자를 중얼거렸고, 검치는 향련각에 붙었다.

태양이 먼저 스테이지에 진입했지만 인간 진영 클랜들이 총집합하느라 지연되는 시간이 있는 게 다행이었다.

란은 검치와 향련각의 뒤를 쫓아 동공에 미리 들어와 있었다.

강모와 예련이 기습하는 순간 곧바로 검치에게 신호를 줘서 상황을 뒤바꿀 작정이었다.

물론 그다음 태양을 도와 용 군단장 크라오라를 잡을 수 있다면 금상첨화.

'금상첨화일 줄 알았는데…….'

하지만 풍술을 통해 동공 바깥을 정찰한 란은 생각을 바꿀 수밖에 없었다.

용 군단장의 거처는 동공과 가까웠다.

문제는 군단장의 거처 주변에 '경계병'이 있었다는 것.

그것도 대충 세어도 수십 이상의 숫자로.

'분명히 아그리파 기사단이 이 경로를 통해서 사냥했다고 했는데…….'

란은 아그리파 기사단에게 직접 인수인계를 듣지는 못했지만, 돌아가는 상황이라는 게 있는 법이다.

그들은 분명 '암살'에 가까운 방식으로 사냥했다고 했다.

수십 마리의 용과 부대끼면서 사냥했다면 암살이 아니라 토벌했다고 표현했겠지.

하지만 란이 살핀 환경에서 암살은 불가능했다.

란은 곧 결론을 내렸다.

한 번 사냥당한 크라오라는 기습을 학습했다.

동공의 위치는 찾지 못했지만, 동공을 통해 기습이 들어오더라도 대처할 환경을 마련해 둔 거다.

'내가 뭐라도 해야 해.'

당장 태양 일행이 습격당하는 것도 중요하지만, 우선순위가 밀렸다.

여차하면 검치가 자의적으로 움직여 줄 수 있을 테니까.

'미리 대처해야 해.'

자의적인 계획 변경.

검치에게 설명할 시간은 없었다.

란은 곧바로 상황을 타개할 만한 풍술을 준비했다.

수십 마리의 용을 쫓아낼 수 있는 성능을 가진 풍술.

다행히도 시간은 넉넉했다.

아직 다 낫지 않은 혈도는 다시 한번 무리해야겠지만, 정령왕을 상대할 때도 마찬가지였다.

그녀가 선택한 풍술 역시, 정령왕을 상대할 때와 마찬가지의 풍술이었다.

인간이 바람에 대고 하는 가장 오래된 기원.

폭풍을 멎게 해 달라.

그리고, 원수에게 폭풍을 보내 달라.

전에는 진원진기를 뽑아 썼지만, 이번에는 시간이 넉넉했다.

문제라면, 동공 내부에서 대기하던 천문의 플레이어들이 기척을 느꼈다는 것 정도랄까.

"특이사항?"

"예. 기록된 것보다 운무가 훨씬 심합니다. 동공을 둘러싼 바람도 훨씬 거칠고…… 내기가 무겁다고 불안해하는 요원이 몇 있습니다."

"어쩔 수 없어. 되살아난 근원은 강해지잖아."

"그래도……."

하지만 무영각주 강모는 마나 유동을 대수롭지 않게 넘겼다.

란의 풍술도.

살로몬의 안개 탐지 마법도.

결과는 되려 태양 일행의 기습이 되었다.

란이 움직이지 않아도 되었을 정도로 완벽한 대처였다.

그렇기에, 란은 오기를 잘했다고 생각했다.

전투가 벌어지고, 검치가 제 성정을 이겨 내지 못하고 기어코 태양에게 검을 겨누고.

그리고 결국에는 강모의 목을 베어 내고.

투우웅.

신권의
원코인
클리어

동공의 마법과 주술이 풀리고, 크라오라를 비롯한 용들이 동공의 존재를 깨달았다.

그렇지 않아도 전투에서 비롯된 거친 마나 유동 때문에 예민하기 그지없던 용들이 미친 듯이 동공을 향해 달려들었다.

비술(祕術) - 천재일우(千載一遇).

란의 기량이 오늘을 천년에 한 번 있을까말까 한 날로 만든다.

마른하늘의 날벼락.

미풍도 없던 육지에 갑자기 솟아오르는 용오름.

인과 없는 기적이 란의 부채를 통해 발현된다.

후우우우우우우웅!

크롸라라라라라라라라라!

수작질을 감지한 크라오라와 그의 친위대가 동공을 향해 달려든다.

몸을 날리는 것만이 아니다.

용이라는 영험한 생명체는 본능적으로 자신에게 유리한 방향으로 세상의 이치를 흔드는 법을 안다.

타고나길 세상의 정점으로 태어난 존재가 아니던가.

쿠웅.

란의 풍술을 매개로 발현된 폭풍인 만큼, 용들의 개입은 란에게 타격을 입혔다.

"쿨럭."

살점이 섞인 피가 목구멍으로 치고 올라왔다.

결과는 마음에 들었다.

폭풍을 뚫은 존재는…… 크라오라 하나뿐.

"그 무엇보다 완벽한 암살 현장이네."

나은지 얼마나 되었다고, 다시금 혼미해지는 정신.

"란!"

후웅―.

폭풍의 거대한 바람 소리를 뚫고, 놀란 태양의 목소리가 귓가에 들려왔다.

란은 흐려지려는 정신을 가까스로 부여잡으며 외쳤다.

"빨리 잡아야 해!"

단 여섯 글자다.

아무것도 모르는 사람이었다면 상황을 파악하기에 턱없이 부족한 텍스트.

하지만 란의 모습. 어조. 목소리.

70%에 달하는 비언어적 표현을 태양은 완벽하게 알아들었다.

신룡화(神龍化).

플레이어 윤태양의 심장이 마왕 발록의 능력치를 얻습니다.

쿠우우우웅.

사방을 휩쓰는 용왕의 마나.

위협적인 기세로 함성을 내지르던 크라오라가 입을 다문다.

"아무렴. 너희 대장이랑 싸워서도 이긴 남자라고."

란이 히죽, 웃었다.

다분히 태양의 것을 닮은 웃음이었다.

차원 미궁을 오르는 플레이어라면 누구나, 결국은 마왕을 상대로 싸워야 할 것임을 직감한다.

당연한 일이다.

3층에 한 번씩 꼬박꼬박 얼굴을 보여 주며, 이 지옥에 플레이어를 쳐 넣은 존재가 누구인지 끊임없이 각인시켜 주는데 직감하지 않으면 이상한 것이다.

카인 역시 그랬다.

그리고 해협 스테이지에서의 카인은, 솔직히 처음으로 자신이 마왕과 견줄 수 있다고 생각했었다.

그렇기에 카인은 자신에게 처음, 후원을 온 마왕에게 덤볐다.

"이런, 화가 많이 났구나? 미안하게 됐어. 사실 네가 인기 엄청 많았거든. 근데 내가 후원할 거라고 엄포를 대 놔서 말이야. 그래도 잘 헤쳐 왔네? 솔직히 감동이야."

수단과 방법을 가리지 않았다.

카인은 제 수명까지 태워 가며 덤볐다.

그리고 결과는.

쨍그랑.

가볍게 튕긴 손가락에 부서진 초월 병기, 성검.

솔직히 성검만 부러지고 살아남을 수 있었던 것도 마왕의 변덕이었다.

'그날 절망했고, 다시 희망을 얻었지.'

왜.

그 마왕이 바알이었으니까.

72명의 마왕 중에서도 가장 꼭대기에 위치한 최강자였으니까.

그 밑의 존재는 꺾을 수 있을 거라고.

그래서 이 빌어먹을 존재들이 파 놓은 함정을 어떻게든 탈출할 수 있을 거라고.

그렇게 생각했었는데.

"빌어먹을."

아니었다.

…….

정적이 된 전장.

칼을 맞대던 피 튀기는 번개와 카인은 한 곳을 바라봤다.

털썩.

바닥에 시체가 한 구 떨어졌다.

"……실버."

벨레드의 우아한 저음이 바닥에 깔리듯이 울렸다.

"짐은 차원 미궁이 싫어."

쉽게 가자면 재능 있는 플레이어 하나 찍어서 최상층으로 올리면 된다. 그편이 시간도 절약되고 마왕의 수고도 절약할 수 있는 길이다.

애초에 억 단위의 영혼들이 있는 차원.

차원 미궁에 들어온 플레이어들은 종족의 일부다.

많아 봐야 20%.

지구인들 같은 경우엔 5%도 안 된다.

차원 미궁에 차원의 최고 재능이 있기를 바라는 것부터 원시적이다.

"그렇게 생각하지 않는 머저리들이 많지만, 중요한 건 짐이 어떻게 생각하느냐지."

벨레드는 이 자리를 '최상층의 시험대'로 만들기로 결심했다.

그 말의 다른 뜻은, 시험에 통과한 1명을 제외하고 모두를 죽인다는 이야기다.

아포칼립스 페스티벌 스테이지(49~54층).

인간 진영과 오크 진영의 최정예 플레이어, 전멸 위기.

다음 권으로 이어집니다

빌런
경찰 이진우

이해날 현대 판타지 장편소설

『어게인 마이 라이프』작가 이해날의
뒷목 잡는 특제 막장 복수극이 펼쳐진다!
『빌런 경찰 이진우』

인수합병을 통해 굴지의 대기업 진백을 세운 백동하
임종의 순간, 믿었던 가족과 친구에게 배신당하고
과거와 미래를 보는 능력을 가진 경찰 이진우로 깨어나다!

배신자들에게 지옥을 보여 주기로 결심한 진우는
특별한 능력과 기업사냥꾼으로서의 지식을 활용해
경찰로서 진백을 공략하기 시작하는데……!

전직 회장이 보여 주는 기업사냥의 진수!
상상을 뛰어넘는 대기업 흔들기가 시작된다!

공정거래
위원회

현우 현대 판타지 장편소설

중소기업 후려치던 인간 탈곡기
공정거래위원회 팀장이 되다!

인간을 로봇 다루듯 쥐어짜며
갑질로 무장한 채 한명그룹에 충성을 바쳤지만
퇴사구팽에 교통사고까지 난 성균
깨어나 보니 다른 사람의 몸이다?

새로운 몸으로 눈을 뜨고 나자
비로소 갑질당한 그들의 눈물이 보이는데……
이번 생엔 그 죄를 참회할 수 있을까?

죽음의 문턱에서 얻은 두 번째 삶!
대기업의 그깟 꼼수, 내 눈엔 다 보여!